二見文庫

お姉さんの淫らな護身術

睦月影郎

目次

お姉さんの淫らな護身術

第一章　美人の道場に居候

1

「へえ、ここが僕の新しい城か……」

雄司《ゆうじ》は、真新しい建物を見た。一軒家というよりプレハブふうで、裏には家主である佐藤《さとう》家の母屋があった。

「ええ、空いてるって言うから入ってみましょう」

案内してくれた由佳《ゆか》が言い、建物の正面の引き戸を開けて中に入った。

雄司も従い、靴を脱ぐと、そこは青畳の敷かれた四十畳ほどの柔道場だ。

しかし神棚も国旗もなく、窓があるだけの殺風景な部屋で、それでも二人は正面に一礼して上がり込んだ。

　奥のドアを開けて入ると、そこは更衣室で棚が並び、さらに脇にはバストイレがあり、洗濯機や冷蔵庫、流しにコンロも備えられていた。勝手口もあるので、雄司は通常は裏から出入りすることになるだろう。

　そして階段を上がると、中二階には六畳ほどの洋間。作り付けのクローゼットとベッドがあり、机もあった。

　新築の木の香りのするここが、雄司の寝泊まりする部屋になる。

　雄司は、持ってきたバッグを置いて、すでに届いていた宅配便の段ボールも確認した。

　吉村《よしむら》雄司は十八歳、大学一年生である。

　この秋から、商社マンの父がアメリカへ行くことになり、母もついていってしまった。

　今まで親子三人で住んでいたマンションは父の友人に貸すことになったので、雄司は一人暮らしする場所を探していたのである。

　そこで、大学で同い年の由佳に相談したところ、先輩が道場を始めるというので、その管理人になってくれれば家賃は只だと言われたのだった。

武道の道場の二階に住むというのも何だか恐かったが、別に入門しろとか稽古相手になれと言われることもないだろう。ただ住んで、掃除だけしていればいいということなので決めたのだ。

由佳は窓を開け、景色を見渡していた。二人が通う大学も近くで、由佳の家も近所にあるのだ。

彼女とは、春に入学してから同じ文芸サークルで知り合った。まだ本の貸し借りをする程度だが、雄司はもっと親密になりたいと願っていた。

笑窪の愛くるしい幼顔の美少女で、中学高校と女子校だったらしく、大学に入ってからは付き合っている彼氏もいそうにないので、まだ処女に違いないと思っていた。

(この部屋で、彼女とキスする日は来るんだろうか。いや、今したらどうなるかな……)

雄司は思ったが、もちろんそんな積極性はない。

中高生の頃からシャイで、ガリ勉の読書好きでスポーツは一切苦手、小柄で色白の頼りないタイプなのである。

由佳の先輩である竹下早紀《たけしたさき》と、ここの母屋の佐藤家は親戚らしく、大地主なので道場を建ててくれたらしい。早紀は二十五歳で多くの格闘技を経験し、大学では武道の助手を務めていた。

「おば様が出てきたわ。挨拶に行きましょう」

由佳が、母屋を見下ろして言い、二人で階段を下りた。

道場に戻ると、玄関に一人の女性が来ていた。

三十代半ばで透けるように色白、セミロングの黒髪にブラウスの胸が実に豊かだった。

これが家主の春美《はるみ》らしい。

「こんにちは。吉村雄司です。今日からお世話になります」

「ええ、こちらこそ」

雄司が挨拶すると、春美もにこやかに答えた。

「荷物は届いていたわね？　あとは、間もなく早紀が来るから詳しいことは聞いてね」

「はい、分かりました」

彼は答え、やがて春美は母屋へ引っ込み、由佳もそのまま帰っていった。

（綺麗な奥さんだったな……）

二階へ戻った雄司は、春美を思い、窓から大きな母屋を見た。しかし、あまり見ていて変に思われてもいけないので窓とカーテンを閉めた。

無垢な由佳もいいが、やはり最初は春美のような美熟女に手ほどきを受けたいと思った。

とにかく、今日から憧れの一人暮らしだ。両親とのマンション暮らしでは、自室はあったものの、そうそうオナニーに耽っているわけにもいかなかったが、今日からは好きなときに好きなだけ出来るだろう。

雄司は段ボールを開き、机にノートパソコンを置き、学用品なども引き出しに詰め込み、クローゼットに着替えを入れた。

布団は、余っているものをくれたらしくベッドの方は万全だ。

あとはティッシュとかクズ籠とか、大切なものがないので夕方にでも買い物に行かなければならない。いずれ自炊もするつもりだが、しばらくはコンビニ弁当になりそうだ。

ゴミ出し日などは、あとで春美に訊けばよいだろう。

そして片付けが終わった頃、下から玄関の開く音が聞こえた。下りてみると、早紀が来たところだった。

早紀とは、前に由佳に紹介されて一度会っていた。先輩と言っても七つも違うので、中高一貫の学園時代に知り合っていたわけではなく、大学に入ってから同じ母校だと分かったようだった。

「こんにちは。今日からお世話になります」

「ええ、こちらこそよろしくね。一緒に買い物に出ましょう」

早紀が答え、二人は戸締まりして外へ出た。

早紀は百七十センチはあろうかという長身で、ショートカットで凜然とした美形。しかし格闘技系なので、ほっそりしておらず、腰や太腿など、特に下半身の安定感が特徴的だった。

柔道と空手、合気道の有段者で、この道場では女性相手の護身術道場を開く予定らしい。

今日も大学で稽古してきたのだろうか。一緒に歩いていても、風下だと甘ったるい汗の匂いが悩ましく漂い、雄司の股間が熱くなってきてしまった。

今までは、無垢な由佳だけが女性の知り合いで、もっぱら彼女ばかり思ってオナニーしていたが、ここへ来て美人妻の春美や、颯爽《さっそう》たる早紀とも知り合い、今夜からオナニー・ライフも充実するだろうと思った。

早紀も近くに実家があるようだが、道場を開いてからは親戚である佐藤家に泊まり込むことも多くなりそうだという話だった。

やがて二人は近くの百円ショップに入り、道場のバスルームに置くボディソープやシャンプー、リンスやスポンジ、トイレットペーパーや洗剤、掃除用具などを買い込み、雄司もクズ籠と大切なティッシュの箱の束、洗面用具や調理器具、食器類なども揃えた。

日暮れまでに大荷物で道場に戻ると、二人で買ったものを開いて所定の位置へと置き、玄関と勝手口の合い鍵も渡してもらった。

「洗濯機と冷蔵庫は勝手に使っていいわ。稽古の曜日や時間は追って報せるけどバストイレと道場の掃除は毎日お願い」

「分かりました」

「まあ、盗られるものは何もないけど、外出や夜間の戸締まりはしっかりね」

「はい」

「じゃ、今夜は一緒に夕食に行きましょう」

早紀が言い、また二人は道場を閉めて外に出た。

彼女は母屋に寄って春美に挨拶だけしてから、やがて二人は近くのファミレスに入った。

　彼女は大ジョッキで、雄司はまだ飲めないのでコーラだ。そしてステーキを頼んだが、女性と食事するのは初めてのため緊張であまり味も分からなかった。

「彼女は？　由佳とは恋人なの？」

　早紀が、次々に肉片を口に運びながら訊いてきた。

「と、とんでもない。彼女はいません。由佳ちゃんともただの知り合いで、何となく好きな小説で気が合うだけです……」

「そう、でも由佳は君に気があると思うわ」

「そうでしょうか。だったら嬉しいのですけど」

「好きならアタックしないと」

「はい。早紀さんは彼氏は？」

「今はいないわ。みんな忙しい時期だから、自然に疎遠になってしまって」

「どうせ、強い男の人ばかりなんでしょうね」

「ええ、だから君みたいなタイプに接するのは初めて」

　早紀は言いながら、ビールとステーキのお代わりを頼んだ。

　歯も頑丈そうで多く食い、そして多く排泄するのかも知れないと思ったら、いきなり雄司のペニスがムクムクと変化してきてしまった。

「護身術で、たまに痴漢の役で参加してくれる?」

「え、ええ……、僕に出来るのでしたら……」

「受け身だけは練習しないといけないわね」

言われて、結局入門する羽目になるのではないかと、彼は勃起しながらも急な不安に襲われたのだった。

2

「道場で寝るから放っておいて」

「いえ、いけません。風邪を引くといけないから」

すっかり酔った早紀に言い、雄司は彼女のお尻を押して懸命に階段を上がっていった。

さんざんビールを飲んでから、さらに早紀はワインを一本空けたのだ。明日は大学の仕事も休みらしく、道場が出来て相当嬉しかったのだろう。

とにかく雄司は早紀のジーンズのお尻に顔を当て、腰を支えながら注意深く階段を上がらせた。

母屋の佐藤家に報せようかと思ったが、早紀は最初からここへ泊まるつもりだったようで、今も酔いに任せてためらいなく階段を上がっていった。

そして部屋に入ると、早紀は彼のベッドにゴロリと仰向けになってしまった。

唯一のベッドを占領されてしまったら、結局雄司は道場に寝るしかないだろうが、もちろん目の前で颯爽たる長身の美女が横たわっているのだから、すぐに部屋を出る気にならなかった。

ショートカットの前髪が、ほんのり汗ばんだ額に貼り付き、長い睫毛を伏せて彼女は熱い呼吸を繰り返していた。

Tシャツの胸は、春美ほど大きくはないがそれなりの膨らみを持って息づき、彼女の呼気か体臭か、たちまち生ぬるく甘ったるい匂いが新築の室内に立ち籠めはじめた。

「脱がせて……」

早紀が目を閉じたまま言い、自分からTシャツをたくし上げはじめた。

雄司も手伝い、僅かに身体を浮かせてTシャツを脱がせていった。

早紀はシャツを脱ぐとブラの背中のホックも外し、再び仰向けになった。さらに自分でジーンズのベルトとボタンを外して腰を浮かせた。

すでにブラも取り去られ、上半身は露わになっており、雄司は興奮にぼうっとなりながら、夢でも見ているような心地でジーンズを脱がせ、とうとう両足首から引き抜いていった。

さらに両脚のソックスも脱がせると、早紀はショーツ一枚だけの姿になった。

さすがに肩や二の腕の筋肉が発達し、腹も引き締まって腹筋が段々になっている。鍛えられた太腿も荒縄をよじり合わせたように逞しく、足も男のように大きかった。

しかし逞《たくま》しい肉体に似合わず、乳首と乳輪は、実に淡く初々しい色合いをしていた。

そして今まで服の内側に籠もっていた熱気が解放され、さらに甘ったるい汗の匂いがユラユラと室内に漂った。

「これもよ。全部脱いで寝る習慣なの……」

早紀が言い、最後の一枚を脱ぎながら腰を浮かせた。

雄司は驚きながら手伝い、とうとうショーツまで彼女の両足首からスッポリ引き脱がせ、一糸まとわぬ姿にさせてしまった。

股間の翳《かげ》りは薄く、ふんわりと煙っている。割れ目まではよく見えなかったが、雄司は思わずゴクリと生唾を飲んで、初めて見る美女の裸体に目を凝らした。

「見ているだけ？　裸の女が目の前にいるのよ」

早紀が言う。眠ってはおらず、意外なほど意識もはっきりして、この状況を把握しているようだ。

「え、ええ……」

「構わないわ。勇気を出して、好きなように行動して」

言われて、雄司も戸惑いながらそろそろと手を伸ばしていった。飲みながら、早紀も雄司に質問をし、まだ無垢だがいかに女体に憧れているか聞き出していたのだ。そして彼女も、今までにないタイプの雄司に興味を持ったのだろう。

オッパイに手を当て、指先で乳首をコリコリと探ると、

「く……！」

早紀がビクリと肌を震わせ、小さく呻いた。その反応に勇気づけられ、雄司は顔を寄せて迫り、チュッと乳首に吸い付いていった。

舌で転がしながら、張りのある膨らみに顔じゅうを押し付けて感触を味わった。

「ああ……」

早紀も、自分から誘っただけあり、すっかり興奮が高まっているのか、すぐにも熱い喘ぎ声を洩らしてきた。

雄司は初めて女体に触れた感激と興奮に胸が高鳴り、痛いほど激しく勃起してきた。

もちろん彼はコーラだけだから酔っておらず、頭も身体もすっきりしていた。そして念願の初体験が出来そうな気配に、目眩《めまい》を起こすほどの緊張を覚えた。

もう片方の乳首も含んで舐め回し、充分に味わってから早紀の腕を差し上げて腋の下にも鼻を埋め込んでいった。じっとり汗ばんだ腋は、生ぬるく甘ったるい汗の匂いが濃厚に沁み付いていた。

スベスベした滑らかな腋に舌を這わせると、

「アア……、くすぐったいわ。君も脱いで……」

早紀が言い、クネクネと逞しい肉体を悶えさせた。

雄司も胸いっぱいに美女の体臭を満たしてから身を離し、手早くシャツとズボンを脱ぎ去り、靴下と下着も脱いで全裸になり、あらためて早紀の肉体に迫っていった。

引き締まった腹に舌を這わせると、滑らかな肌は汗の味がし、彼は臍を舐めてから張り詰めた下腹、腰から太腿へと舌で下りていった。

膝小僧から脛《すね》、足首まで舐めると足裏に回り込み、雄司よりずっと大きそうな足の裏にも舌を這わせた。

「あう……」

早紀がビクリと脚を震わせて呻いたが、拒むことはしなかった。

硬い踵《かかと》から柔らかな土踏まずを舐め、太く長い足指の間に鼻を割り込ませて嗅ぐと、ジットリと汗と脂に湿ってムレムレになった匂いが悩ましく鼻腔を刺激してきた。

(ああ、美女の足の匂い……)

雄司は、感激に胸を震わせて嗅いだ。案外男と似た匂いがするものだと思ったが、もちろん美女の匂いだから嫌ではなく、むしろ嗅ぐたびに刺激が胸からペニスに心地よく伝わっていった。

充分に嗅いでから爪先にしゃぶり付き、指の股に舌を挿し入れていった。

「くすぐったいわ……。汚いのに、そんなことしたいの……?」

早紀が息を弾ませて言う。

童貞だから、すぐにも挿入してくるぐらいに思っていたのかも知れない。また今まで彼女が付き合った男たちも体育系ばかりだったろうから、繊細な愛撫などせず自分本位な挿入が多かったのではないだろうか。

もちろん雄司も、早く割れ目を観察して舐め回し、ペニスを入れてみたいとは思うが、せっかくナマの匂いのする美女が全裸で身を投げ出し、好きにしていいと言っているのだから、少しでも多く長く隅々まで観察し、味わってみたいのである。

全ての指の間を舐め尽くすと、彼はもう片方の爪先も貪り、心ゆくまで味と匂いを堪能した。

そして股を開かせ、雄司は腹這いになって彼女の脚の内側を舐め上げ、いよいよ神秘の部分に顔を迫らせていった。

硬いほどに張り詰めた内腿を舐めて進むと、股間から発する熱気と湿り気が顔を包み込んできた。

近々と鼻先を寄せて観察すると、股間の丘には艶のある恥毛がふんわりと煙り、割れ目の左右の毛は愛液の雫《しずく》を宿して濡れていた。

はみ出したピンクの陰唇に指を当て、そっと左右に広げると、ヌメヌメと蜜に潤う柔肉が丸見えになった。

「く……」

触れられた早紀が小さく息を詰め、下腹と内腿を緊張させた。

奥には襞が花弁状に入り組む膣口が息づき、ポツンとした尿道口の小穴らしきものも確認できた。

包皮の下からは小指の先ほどもあるクリトリスがツンと突き立ち、ツヤツヤと真珠色の光沢を放っていた。

全てネットなどで見た女性器そのものと同じだが、やはり実物を前にした興奮と感激は計り知れなかった。

彼の熱い視線と吐息を感じているだけでも高まってきたか、割れ目内部にはネットリと愛液が満ち、ヒクヒクと下腹が波打っていた。

もう我慢できず、雄司は吸い寄せられるように早紀の中心部にギュッと顔を埋め込んでいった。

柔らかな茂みに鼻を擦りつけると、隅々には腋に似た甘ったるい汗の匂いと、ほのかな残尿臭の刺激も混じって鼻腔をくすぐってきた。

内部を舐め回すと、ヌメリは淡い酸味を含み、たちまち舌の動きがヌラヌラと滑らかになっていった。

そして膣口の襞を掻き回し、柔肉をたどってクリトリスまで舐め上げていくと内腿がキュッときつく彼の両頰を挟み付けてきた。

3

「アアッ……、き、気持ちいい……！」

早紀がビクッと顔を仰け反らせて喘ぐと、雄司も夢中になって美女の体臭を貪り、クリトリスを舐め回した。

舌先で弾くように舐めるたび、愛液の量がトロトロと増してくるようだ。

こんな未熟な自分の愛撫で、逞しい美人格闘家が感じてくれるのが嬉しく、雄司は執拗に舌を蠢かせてはヌメリをすすった。

さらに彼女の脚を浮かせ、雄司は引き締まった尻の谷間にも迫った。

そこには薄桃色の可憐な蕾が、キュッと恥じらうように閉じられていた。

鼻を押しつけると顔中に双丘が密着し、蕾に籠もった汗の匂いに混じり、秘めやかな微香が胸に沁み込んできた。

（ああ、これが彼女のお尻の穴の匂い……）

雄司は興奮しながら思い、何度も鼻を埋め込んで深呼吸してから舌を這わせはじめた。

震える襞を濡らして中に潜り込ませると、ヌルッとした滑らかな粘膜が感じられた。

「あう……、ダメ、そんなところ……」

早紀が驚いたように呻き、肛門でモグモグと舌先を締め付けた。

雄司は舌を蠢かせ、甘苦いような微妙な味わいを貪ってから、再び脚を下ろして割れ目に戻っていった。

「も、もうダメよ……、いきそう……」

早紀が言って身を起こし、彼の顔を股間から追い出してきた。そして雄司の手を握ってベッドに横たえ、自分が上になる。

「すごい、勃《た》ってる……」

彼女は雄司を大股開きにさせ、真ん中に腹這いペニスを見つめて言った。

雄司は、美女の視線と息を感じ、ヒクヒクと幹を上下させながら激しく高まっていった。

毎日、二回三回とオナニーしなければ落ち着かないほど性欲だけは強い。それが昨日は引っ越し前で片付けもあり、抜いていなかったから、なおさら今日は僅かな刺激だけで漏らしてしまいそうだった。

しかし早紀は容赦なく幹を握り、硬度と感触を確かめるようにニギニギと動かしながら、先端に舌を這わせてきたのだ。

そして尿道口から滲む粘液をチロチロと舐め取り、張りつめた亀頭にしゃぶり付いてきた。

「く……、い、いきそう……」

雄司は、憧れのフェラ初体験に身を震わせ、すぐにも絶頂を迫らせて降参するように口走った。

「まあ、もう？」

早紀は少し舐めただけで、口を離して言った。

「いいわ、じゃ先に初体験しましょう」

彼女は言って身を起こし、ためらいなく雄司の股間に跨がってきた。

幹に指を添えて、唾液に濡れた先端を割れ目に押し付けると、位置を定めて腰を沈めてきたのだ。

たちまちペニスは、ヌルヌルッと心地よい肉襞の摩擦を受けながら、滑らかに根元まで呑み込まれていった。

「アア……、いい気持ち……」

早紀は深々と受け入れて完全に座り込むと、顔を仰け反らせて喘いだ。

雄司は必死に奥歯を噛み締めて暴発を堪えた。やはり、少しでも長くこの快感を味わっていたかったのだ。

しかし、温かく濡れた膣内の感触と収縮は、想像以上に大きな快感だった。

早紀は密着した股間をグリグリ動かしながら、上から覆いかぶさるように身を重ねてきた。

雄司も下から両手でしがみつき、全身で美女の温もりと感触を受け止めた。

「なるべく我慢して」

早紀が、上から近々と顔を寄せて囁いた。

こんなに近くで女性の顔を見るのは生まれて初めてで、熱く湿り気ある吐息も甘く、ほんのりワインの香気も混じって彼の鼻腔を刺激してきた。

そのまま早紀は、ピッタリと唇を重ねてくれた。

「ク……」

雄司はファーストキスの感触に呻《うめ》き、柔らかく密着する唇と唾液の湿り気を噛み締めた。

触れ合ったまま口が開かれ、間からヌルッと長い舌が挿し入れられてきた。

彼も歯を開いて受け入れ、舌をからめると、ヌラヌラと滑らかな感触と温かな唾液のヌメリが伝わってきた。

「ンン……」

早紀もうっとりと鼻を鳴らし、執拗に舌を蠢かせた。

彼女は下向きのため、舌を伝ってネットリとした唾液が注がれ、雄司は小泡を味わい心地よく喉を潤した。

そして花粉のような刺激を含んだ甘い息が胸を満たし、もう堪らずに彼は小刻みに股間を突き上げはじめてしまった。

すると早紀も合わせて腰を遣い、次第に二人の動きがリズミカルに一致し、クチュクチュと淫らに湿った摩擦音が聞こえてきた。大量に溢れる愛液で動きが滑らかになり、彼の陰嚢《いんのう》まで生温かく濡らした。

「ああ……、いいわ、いきそう……」

早紀が口を離し、唾液の糸を引いて喘いだ。

もう我慢できず、雄司もズンズンと激しく股間を突き上げ、あまりの快感であっという間に昇り詰めてしまった。

「い、いっちゃう……、アアッ……！」

大きな絶頂の快感に全身を包まれながら雄司は口走り、ありったけの熱いザーメンをドクドクと勢いよく内部にほとばしらせた。

「あう、熱いわ。いく……、ああーッ……！」

すると、噴出を感じた途端に早紀もオルガスムスのスイッチが入ったように声を上ずらせ、ガクンガクンと狂おしい痙攣を開始した。

同時に膣内の収縮も最高潮になり、雄司は心地よい摩擦と締め付けの中で心置きなく最後の一滴まで出し尽くしてしまった。

すっかり満足すると、彼は初体験の感激の中で徐々に突き上げを弱め、力を抜いていった。

「ああ……、よかったわ……」

すると早紀も肌の強ばりを解きながら言い、満足げに力を抜いて彼に遠慮なく体重を預けてきた。

まだ膣内の収縮は繰り返され、刺激されるたび内部で過敏になったペニスがヒクヒクと跳ね上がった。

「アア……、まだ暴れているわ……」

早紀も、感じすぎたようにキュッときつく締め上げながら喘いだ。やはり女も男と同じく、絶頂の直後は全てが過敏になるようだ。

雄司は重みと温もりを感じ、湿り気ある甘い息を間近に嗅ぎながら、うっとりと快感の余韻に浸り込んでいった。

「どうだった？　初体験は……」

早紀が、荒い呼吸を繰り返しながら訊いてきた。

「ええ……、夢のようです。まさか早紀さんと、こうして一つになっているなんて……」

「そう、私も思いがけなかったわ。童貞の少年を食っちゃう日が来るなんて」

彼が言うと、早紀も答えた。やはり急に催し、かなり勢いだけで最後までしてしまったようだ。

あるいは男っぽい彼女は、セックスもスポーツの手合わせ感覚に近いものなのかも知れない。

しかし雄司にとっては一生に一度の初体験で、早紀のことは永遠に忘れられない女性になったことだろう。

やがて早紀は枕元に手を伸ばし、さっき置いたばかりのティッシュを取って股間を引き離した。そして手早く割れ目を処理し、愛液とザーメンに濡れたペニスも拭いてくれた。

買ったばかりのティッシュを、真っ先にセックスの処理に使うとは、何と幸先のよい第一日目だろう。

早紀は添い寝し、薄掛けを互いの身体に掛けた。

「さあ、寝ましょう」

彼女は言うなり目を閉じ、雄司も心地よい気怠さの中で、うっとりと力を抜いて眠ろうと努めた。

(こんなに唐突に初体験出来るなんて……)

雄司は思った。

今後とも、道場主である早紀とは何度も出来るだろう。彼は呼吸を整えながら急に向いてきた女性運に胸を膨らませた。

そして早紀としたことを一つ一つ思い出し、彼女の温もりを感じているうち、いつしかぐっすりと眠りに就いていったのだった。

4

（あ……、夢じゃなかったんだ……）

翌朝目を覚ますと、雄司は隣に寝ている早紀の顔を見て思い出した。

彼女はこちら向きで規則正しい寝息を立て、ぐっすり眠り込んでいる。昨夜のまま互いに全裸だった。

スッピンでも肌はきめ細かく、切れ長の眼差しも閉じられていると睫毛が長くてあどけない印象すらある。

こんなに近くで、まじまじと女性の顔を見るのは初めてだった。

もう朝日が昇り、早紀の顔が明るく照らし出されていた。

形よい唇が僅かに開いて、ぬらりと光沢ある歯並びが覗き、口からも熱い息が洩れていた。

彼女の口に、触れんばかりに鼻を寄せて熱い息を嗅ぐと、一夜経って甘い匂いがさらに濃厚になり、唇で渇いた唾液の匂いも混じって悩ましい刺激が鼻腔を満たしてきた。

雄司は朝立ちの勢いもあり、激しく欲情してきた。

「あ……」

すると早紀も、彼の息と視線に気づいたように小さく声を洩らし、ぱっちりと目を開いた。

「そうか、しちゃったのよね……」

早紀が言い、彼の目を見つめ返してきた。

「後悔とか、してないですよね?」

「もちろん、私から誘ったのだから」

訊くと、早紀も答えた。酔っていても全て覚えており、今はすっかり酔いも覚めているようだった。

「ね、またしたい……」

雄司は言い、甘えるように肌を密着させていった。

「ダメよ、今日は忙しいし、朝にすると力が入らなくなるから」

しかし早紀は言い、それでもペニスに指を這わせてくれた。

「すごい勃ってるわね。じゃ、入れなくていいなら、私がしてあげるからじっとしていて」

早紀は言ってペニスをニギニギと愛撫しながら身を起こし、仰向けの彼に上からピッタリと唇を重ねてきた。

クチュクチュと舌がからみつき、濃い刺激を含んだ吐息が鼻腔を掻き回し、粘つきの多い唾液が注がれてきた。その間も指の愛撫が続き、雄司は美女の唾液と吐息に酔いしれながら高まった。

やがて早紀が唇を離し、そのまま彼の頬を舐め、耳たぶをキュッと噛んでから首筋を舐め降りていった。

「ああ……」

雄司はすっかり受け身の体勢で喘ぎ、クネクネと身悶えた。

早紀は彼の乳首にチュッと吸い付き、熱い息で肌をくすぐりながら舌を這わせ軽く歯を立ててきた。

「あう、もっと強く……」

甘美な刺激に呻いて言うと、早紀もキュッと力を込めて噛んでくれた。

雄司は痛み交じりの快感に喘ぎ、彼女も左右の乳首を交互に愛撫してから肌を舐め降りていった。

早紀は彼を大股開きにさせて真ん中に腹這い、顔を寄せて陰嚢を舐め回してくれた。

「く……」

睾丸を舌で転がされ、雄司は快感に呻きながらヒクヒクと幹を震わせた。

そして早紀は舌先で裏筋を舐め上げ、尿道口をくすぐってから張り詰めた亀頭を含み、スッポリと根元まで呑み込んできた。

「アア……、気持ちいい……」

股間に熱い息を受け、温かな口の中に深々と含まれながら雄司は喘ぎ、唾液にまみれたペニスをヒクヒクと震わせた。

昨夜は、ここで危うくなって口を離してもらったが、今は早紀も執拗に舌をからめて吸い付き、熱い鼻息で恥毛をそよがせた。

しかも彼女は顔を小刻みに上下させ、濡れた口でスポスポと強烈な摩擦を開始してきたのだ。

どうやら、このまま口で受けてくれるらしい。

(いいんだろうか……)

雄司はためらいつつ、あまりの快感で無意識にズンズンと股間を突き上げはじめてしまった。

早紀もたっぷり唾液を分泌させて濃厚な愛撫を続け、吸引と舌の蠢きも活発にさせてくれた。すると、たちまち雄司は限界に達して、そのまま昇り詰めてしまった。

「い、いっちゃう……、アアッ……！」

突き上がる絶頂の快感に口走り、熱い大量のザーメンがドクンドクンと勢いよくほとばしった。

「ク……、ンン……」

熱い噴出を喉に受け止めながら早紀が小さく呻き、なおも摩擦と舌の蠢きを繰り返してくれた。

セックスで一つになるのも最高だったが、こうして一方的な愛撫を受け、早紀の清潔な口を汚すのも格別だった。しかも漏らしてしまったというより、彼女の意思で吸い出された感が強かった。

雄司は、溶けてしまいそうな快感に身悶え、最後の一滴まで心置きなく美女の口に出し尽くしてしまった。

すっかり満足しながら突き上げを止め、グッタリと四肢を投げ出すと、早紀も舌の蠢きと吸引を止め、亀頭を含んだまま口に溜まったザーメンをゴクリと一息に飲み干してくれた。

「あう……」

嚥下とともに口腔がキュッと締まり、雄司は駄目押しの快感に呻いた。

すると、ようやく早紀もチュパッと口を引き離し、なおも余りをしごくように幹を握りながら、尿道口で膨らんでいる白濁の雫まで、ペロペロと丁寧に舐め取ってくれた。

「ああ……、ど、どうか、もう……」

雄司は過敏に反応し、クネクネと腰をよじりながら降参するように言った。

早紀も全て綺麗にしてくれると舌を引っ込め、淫らに舌なめずりしながら身を起こした。

「さあ、すっきりしたでしょう。起きるわよ」

彼女はベッドを降りて自分の服を持つと、全裸のまま部屋を出て行った。

雄司は仰向けのまま呼吸を整え、残り香を嗅ぎながら余韻を味わい、早紀がトイレを使ってからバスルームに入る物音を聞いていた。

やがて雄司も起きて部屋を出ると、入れ替わりにバスルームに入り、放尿しながらシャワーを浴びた。

「今夜道場開きの宴会をしたいので、買い物頼んでいいかしら」

彼がバスルームを出ると、服を着た早紀が言った。

「はい、構いません」

「じゃ昼過ぎにメールするわ」

早紀が言い、メールアドレスを交換すると彼女は出て行った。

残った雄司は、また二階に行って横になり、枕やシーツに残った早紀の匂いを貪ったが、オナニーもせず二度寝してしまったのだった。

次に起きたのは十時過ぎで、さすがに腹が減ったのでコンロで湯を沸かし、昨夕買っておいたカップラーメンでブランチを済ませた。

今日は土曜なので、月曜の登校までは何も用事がない。

部屋へ戻ってノートパソコンを開き、メールチェックやソーシャルネットを見て回り、少し勉強もしようかと思ったが、やはり頭の中は早紀との初体験のことばかり浮かんでしまった。

（そう、もう童貞じゃないんだ……）

それを思うと股間が熱くなり、何度でも早紀としたくなった。

いや、早紀ばかりでなく、一人の女体を知ると、由佳の割れ目はどんなだろうかとか、家主の春美はどんな感じ方をするのだろうかと、そればかり妄想してしまうのだった。

するとと勝手口から、当の春美の声がした。

返事をして慌てて降りると、彼女はゴミ出し表のコピーを持ってきてくれたのだった。

「普通のゴミは火曜と金曜。あと瓶と缶、雑誌などはこの表の通りに、そこの脇に出してね」

「分かりました」

「回覧板とかはないので、何かあれば私が知らせるわ」

「はい。お願いします」

雄司は、とびきり美人の人妻の春美の甘い匂いを感じ、あまりに豊かな胸の膨らみに頬を熱くさせて答えた。

春美と早紀は従姉同士だというが、まさか昨夜彼が早紀と初体験をし、今朝は口内発射したなど、春美は夢にも思っていないだろう。

と、そのとき母屋から赤ん坊の泣き声が聞こえてきた。

「じゃ、戻るわね。また」

春美は言い、急いで戻っていった。

(子持ちなんだな……)

後ろ姿の豊かなお尻を見ながら思い、雄司は美人妻の残り香を貪った。

5

「本当に、いい道場だわ」

大学柔道部の、野上沙也《のがみさや》が道場内を見回して言った。

沙也は二十歳の三年生で、早紀に心酔している一人らしい。狼カットの精悍な美女で、力も強そうだった。

早紀はすでに缶ビールを開けて飲んでいる。

頼まれて買い物してきた雄司も、ここで夕食を済まそうと思い、仲間に加わっていた。

それに住まいの仲介をしてくれた由佳も来ている。由佳も可憐な美少女だが、この護身術道場に通うつもりでいるようだ。

あとは母屋の両親に赤ん坊を預けた春美も来ていた。銀行員をしている夫は婿養子らしい。

他は、大学講師で雄司や由佳のサークル顧問である、知的なメガネ美女の早崎《はやさき》綾香《あやか》も来ていた。彼女は三十歳の独身で、図書委員ふうの雰囲気だが、道場が女子ばかりと聞いて興味を持ったようだった。

雄司が買ってきたのは缶ビールと缶チューハイ、乾き物ぐらいで、食べ物は彼女たちが思い思いのものを持ち寄っていた。

「稽古日は日曜の午後、明日から始めるわ」

早紀が飲みながら皆に言う。

他の曜日は、早紀が大学から早く帰れる日のみで、女子柔道部の連中もたまに代稽古に来てくれるらしい。

「男子は？」

春美が訊くと、早紀が答えた。

「いちおう女子向けの護身術なので、男子の入門は受け付けないつもり。ただ彼だけは管理人で常にいてくれるので、手伝ってもらうことも多いと思うわ」

言われて、雄司も皆に曖昧に頭を下げた。

あまり運動はしたくないが、これだけ美女が揃っているのならば、揉みくちゃにされるのも悪くないと思いはじめ、そんな下心を悟られないよう神妙にしていた。

雄司と由佳だけが未成年なので烏龍茶を飲み、皆が買ってきたチキンやおにぎりを食べていた。

さすがに早紀だけでなく沙也も酒が強く、一方、春美と綾香は控えめだった。

これだけ各年代の美形が揃うと、どうしても雄司は心の中で、割れ目の形や匂い、濡れ具合などばかり妄想してしまった。

「ね、雄司君はスポーツ、何が得意だったの？」

隣に座っている由佳が、そっと顔を寄せて囁いてきた。他の連中は護身術の話題に夢中である。

「いや、何も出来ないんだ。高校の体育では、もちろんサッカーもバスケも一度もゴールしたことはないし、球に触れるのも滅多になかったからね。駆けっこも遅いし、泳げないし、授業の柔道も受け身ばっかり」

「そう」

由佳は、見た通りだという感じで頷いた。

「由佳ちゃんは？」

「高校の体育で剣道を少しだけ。どの種目も人並みぐらいだけど、走るのはそんなに嫌いじゃなかったわ」

彼女が言い、ほんのり甘酸っぱい息の匂いが感じられて、また雄司はピクンと股間を反応させてしまった。

「そうそう、これを」

すると沙也が言ってバッグから柔道着を出し、雄司の方に持ってきた。

「早紀先生からのプレゼントよ。だいたいの背丈を聞いておいたから合うと思うわ。女子部員のお古だけど」

「あ、ありがとうございます……」

「あんまり嬉しそうじゃないわね」

沙也が言うと一同が笑った。

やがて九時頃に宴会がお開きになり、皆は連れだって帰っていった。

早紀は母屋に泊まるらしく、残った春美と雄司と一緒に後片付けをし、余り物は彼がもらった。

早紀も今夜はそんなに酔っておらず、大人しく春美と母屋に帰っていった。

残った雄司は戸締まりをして灯りを消し、もらった柔道着を更衣室の棚に置いた。お古ということだが、もちろん洗濯済みで、鼻を埋めても乾いた木綿の匂いだけだった。

そしてトイレを使ってから二階へと戻り、少しだけネットをやってから寝ることにした。

オナニーしようと思ったが、どうにも早紀の肉体を知ってからは、またすぐにも出来るような気がして、一回分でも多く生身とやりたいと思い、一人で抜くのは控えてしまったのだった。

早紀が戻ってこないかな、と思いつつベッドに横になると、まだ彼女の匂いが少し残っていた。股間は反応したが、結局彼はそのまま睡りに落ちてしまったのである……。

——翌日、また雄司は昼近くまで寝ていて、冷蔵庫の余り物でブランチを済ませた。そしてシャワーを浴びてから、バストイレの掃除をし、道場の方も箒掛けしておいた。

すると間もなく、母屋から早紀がやって来た。すでに彼女は白の稽古着に紺の袴を穿いた合気道スタイルになっていた。

「お掃除お疲れ様。じゃ稽古着に着替えて。少しだけ、先に受け身を教えておきたいから」

「はい」

言われて、雄司はあまり気が進まないながら更衣室に入り、もらったばかりの柔道着を着た。元は女子が着ていたというので、少しモヤモヤした気になったが緊張の方が大きかった。

白帯をキュッと締めて道場に入ると、すぐにも早紀が何種類かの受け身を教えてくれた。

仰向けに倒れる後方受け身に、左右の横受け身、前受け身、前方回転の受け身を左右。コツは頭を打たないよう身体を丸めることだが、一通りは高校の体育の授業で習っていたので、呑み込みは早かった。

「いいわ、じゃ実際に投げてみるから受け身をして」

早紀が言い、対峙するといきなり手首をひねられた。

「わ……！」

あっという間に身体が一回転し、雄司は青畳に叩きつけられていた。それでも手加減し、受け身の取りやすい投げ方をしてくれたので、思い切り受け身を取れば痛くはなかった。

そして何度か投げられては立ち上がるたび息が上がり、汗が噴き出してきた。早紀の方は呼吸も乱していないが、汗や息の匂いが甘く鼻腔を刺激して、またモヤモヤしてきてしまった。

「だいたい出来るわね」

早紀は見直したように言い、もう一回投げると、そのまま身を預けて押さえ込みをしてきた。

袈裟《けさ》固めでがっちり決められると、もう身動きできなかった。

「返してみて」

「む、無理です……」

言われても、雄司は彼女の重みと温もりに包まれながら、苦痛より快楽を多く感じてしまった。

甘ったるい汗の匂いがふんわり漂い、早紀も多少は息を弾ませ、花粉のように甘い刺激の吐息が鼻腔をくすぐってきた。しかも、ようやく彼女も汗ばんできたようで、鼻の頭から汗の雫がポタリと彼の頰に滴《したた》った。

このままエッチな方向に行ってくれるとありがたいと思い、股間を熱くさせてしまったが、もちろん道場での早紀は真剣で、そのような展開になどなるはずがなかった。

「左手で私の襟を摑んで、喉を押すように」

言われるまま、雄司は空いた手で彼女の襟元を摑み、そのまま喉に押し付けながら身を起こしていった。

「そう、それでいいわ」

早紀も力を抜き、彼が返すままにコロリと回転してくれた。

双方立ち上がると、そこへ門弟たちが入ってきた。連れ立ってきたらしく、由佳と綾香、そして柔道部の沙也も来た。

春美は、昨夜は家主として宴会に参加しただけで、稽古には来ないらしい。

「もう始めているのね」

沙也が言って、皆は更衣室に入った。

やがて着替えて出て来た中で、柔道着なのは沙也のみ。由佳と綾香は動きやすいジャージ姿だった。

護身術なので、襟と袖を摑む技の稽古ではないのだろう。

やがて一同は整列して早紀に礼をし、彼女の講義を受けながら、一つ一つ実戦の技を稽古したのだった。

雄司も痴漢役で、彼女たちの後ろからしがみついては、早紀の教える技で投げつけられ、甘い匂いを感じる快楽と、叩きつけられる苦痛を半分ずつ得たのであった。

第二章　巨乳妻のお願い

1

「じゃ、私の稽古着だけ、君のものと一緒に洗濯しておいてくれる？」

「はい、分かりました」

稽古を終え、門弟たちが帰ったあとで早紀が雄司に言った。

彼女が洗濯機に突っ込んだのは、稽古着の上衣とタオルだけで、袴などは畳んで棚に入れた。

どうせ洗濯は明朝なので、あとで汗に濡れた稽古着を嗅ぎながらオナニーできる、と雄司は胸を高鳴らせた。

しかし逆に、すでに肉体関係のある早紀の稽古着を嗅ぐというのも、何やら妙な気がした。またタイミングのいいときセックスさせてくれるのなら、もう馴染んでいる体臭を嗅がなくてもいいような気がするのだ。

やはりフェチ行為というものは、生身に触れられない女性に向ける欲望なのだろう。

やがて早紀は帰ってしまった。

稽古は三時間みっちりやり、今は四時過ぎである。雄司も痴漢役を全員に繰り返し行い、かなり疲労していたが、男相手の稽古ではないから気分的には充実していた。

羽交い締めにした手首をひねって投げる、小手返しが主になったが、さすがに早紀の動きは華麗だった。そして、沙也も豪快だったが、かなり手加減してくれた。

綾香や由佳も、ぎこちないながら徐々にマスターしてゆき、雄司は全員の匂いをはっきり感じることが出来たのだった。

一人になると、雄司はシャワーを浴びた。彼女たちも順々に使ったので、まだ室内には混じり合った甘い匂いが籠もっていたが、排水口を見ても抜けた毛一本見当たらなかった。

身体を拭いてバスルームを出ると、彼はトランクス一枚で、自分の稽古着も洗濯機に突っ込もうとし、一応その前に早紀の匂いを嗅ごうと思った。

しかし、そのとき勝手口が開いて、春美が入ってきたのである。

「あら、ごめんなさいね」

春美は、下着一枚の彼を見て笑みを洩らした。

「稽古、きつかった？」

「いえ、何とか大丈夫でした」

「洗濯機の操作、分かる？」

「ええ、朝にしようと思いますので」

雄司は答え、結局自分の稽古着も、早紀のものと一緒に洗濯機に押し込んだ。

春美は、ラップに包んだご飯とタッパーに入れたカレーを持ってきてくれたのだ。

「これ、多く作ったので」

「ありがとうございます」

雄司は礼を言って受け取り、流しの脇に置いた。まだ夕食には早い。

「それで、少しお願いがあるのだけれど、お部屋、いいかしら」

「はい、どうぞ」

言われて、雄司は下着一枚で階段を上がり、彼女もついてきた。

部屋に入ると彼は椅子に座り、春美はベッドの端に腰を下ろした。

「こんなお願い、いけないのだけれど、親に頼むわけにいかないし、うちの人は出張だから」

春美は言いながら、ブラウスのボタンを外し、さらにブラのフロントホックまで外してしまったのだ。

(うわ……！)

白く豊かな爆乳が露わになると、たちまち室内に甘ったるい匂いが籠もりはじめた。

「張って痛いので、吸って欲しいのだけれど、構わない？」

「え、ええ……」

雄司は艶めかしい眺めに舞い上がり、混乱しながらも彼女に迫っていった。

昨日一目見て、綺麗な奥さんだなと思い、すぐ今日になってナマのオッパイが見られるなど、何という幸運だろうと思った。

「楽な姿勢でお願い。吸い出したら、これに吐き出してね」

春美はティッシュを用意し、こちら向きに横たわった。

雄司は腕枕される格好になって添い寝し、目の前いっぱいに迫る白い爆乳に圧倒された。

メロンほどの大きさで、張り詰めた膨らみにはうっすらと細かな血管が透けて見え、さすがに乳輪と乳首は色素が濃く、乳首の頂点には白濁した雫がポツンと浮かんでいた。

そして何とも甘ったるい体臭が、生ぬるく彼の顔を包み込んできたのだ。

早紀の稽古着で、早々と抜いてしまわないでよかったと思い、雄司は激しく勃起しながら乳首に吸い付いていった。

雫を舐めると、春美がピクリと熟れ肌を震わせ、優しく彼の顔を胸に抱きすくめてくれた。

「舐めないで、吸って……」

彼女が囁き、雄司も懸命に吸い付いたが、なかなか母乳が出てこない。

春美も膨らみを自ら揉んで分泌を促し、雄司は唇で乳首の芯を強く挟み付けて吸うと、ようやく生ぬるい母乳が舌を濡らしてきた。

それはうっすらと甘く、心地よく喉を潤した。

「飲んでいるの？　吐き出して構わないのよ……」

春美は、甘ったるい匂いを揺らめかせて言った。

いったん要領が分かると、雄司はスムーズに吸い出すことが出来るようになった。そして顔じゅうを押し付け、張りのある大きな膨らみを感じながらミルクの匂いで胸を満たした。

春美は彼の髪を撫でながら、何度か大きく息を吸い込んでは止め、ゆっくりと吐き出しながら懸命に喘ぎ声を抑えているように思えた。

胸元や腋から漂う体臭に混じり、彼女の吐き出す息が白粉《おしろい》のような甘い刺激を含んで鼻腔をくすぐってきた。

やがて充分に吸って飲んでいると、膨らみの張りが心なしか和らいできたように感じられた。

「こっちも……」

春美がかすれた声で囁き、彼の顔を抱えたまま仰向けになった。

雄司ものしかかるようにして、もう片方の乳首に吸い付き、すっかり要領を得て吸い出した。

新鮮な味と匂いを貪り、顔中を膨らみに押し付けながら喉を潤した。

「ああ……」

とうとう春美の口から熱い喘ぎが洩れてきた。

吸い出され、痛いほどの張りが和らぐとともに、性感の方が前面に出て来たのだろう。

いや、最初から春美は若い彼に欲情してやって来たのかも知れない。

やがて左右の乳首を充分に吸い、あらかた母乳も出尽くしたようだった。

しかし春美の呼吸は熱く弾んだままだ。

雄司は乱れたブラウスの中に顔を潜り込ませ、春美の腋の下に鼻を押しつけてしまった。

何とそこには、柔らかな腋毛が煙っていた。

今は子育てに夢中で、エステやジムなどに通う余裕はなく、夫婦生活も遠ざかっているのだろう。

腋毛に鼻を擦りつけて嗅ぐと、母乳よりもさらに甘ったるく濃厚な匂いが沁み付いていた。

「アア……、ダメよ、恥ずかしいから……」

春美が悶えながら言い、いきなり彼の股間に手を伸ばしてきた。トランクスの上から強ばりを握られると、

「あう……」

雄司は唐突な快感に呻き、ビクリと硬直した。

すると春美が身を起こし、彼を仰向けにさせた。

「見せて」

彼女は雄司の腰を浮かせてトランクスを引き脱がせ、全裸にさせてしまった。

ピンピンに勃起したペニスが、バネ仕掛けのようにぶるんと天を衝《つ》き、美人妻の視線を受けてヒクヒクと震えた。

「すごいわ、こんなに大きく勃っている……」

春美が熱い息で囁き、手のひらで幹を包み込んだ。さらに顔を寄せ、舌を伸ばして尿道口を舐め、滲んだ粘液を味わってきたではないか。

「ああ……」

雄司は快感に喘ぎ、今度は受け身に転じてクネクネと腰をよじった。

春美は張りつめた亀頭をしゃぶり、丸く開いた口でスッポリと根元まで呑み込んでいった。

たまにチラと目を上げて彼の表情を見て、上気した頬をすぼめて吸った。

「い、いっちゃう……」

雄司は、すぐにも降参して口走った。

「いいのよ。今度は私がお返しに飲んであげる」

春美が口を離して言い、さらに巨乳の間にペニスを挟みつけ、両側から揉みながら先端に舌を這わせてくれた。

2

「ああ……、き、気持ちいい……」

雄司は、柔らかく温かな巨乳の谷間でペニスを揉みくちゃにされ、舌で先端を舐められて喘いだ。

春美も本格的に舌をからませ、熱い鼻息で恥毛をくすぐりながら顔を上下させた。濡れた口がスポスポと強烈な摩擦を繰り返し、雄司はひとたまりもなく昇り詰めてしまった。

「い、いく……、アアッ……!」

たちまち大きな絶頂の快感に全身を貫かれ、彼は喘ぎながらドクドクと勢いよく大量のザーメンをほとばしらせ、春美の喉の奥を直撃した。

「ンン……」

噴出を受け止めながら春美が熱く鼻を鳴らし、さらに吸い付いてくれた。

雄司は自らもズンズンと股間を突き上げ、美人妻の清らかな唇の摩擦に快感を味わい、心置きなく最後の一滴まで出し尽くしてしまった。

「ああ……」

すっかり満足しながら声を洩らし、彼がグッタリと身を投げ出すと、春美は亀頭を含んだままゴクリと喉を鳴らした。

飲み込まれると同時にペニスがキュッと締め付けられ、駄目押しの快感にピクンと幹が跳ね上がった。

ようやく春美がスポンと口を引き離し、なおも幹を握って絞り出し、尿道口に脹らむ余りの雫も丁寧に舐め取ってくれた。

「く……、も、もう……」

雄司は腰をくねらせ、降参するように声を絞り出した。

やがて春美は身を起こし、乱れたブラとブラウスを脱ぎ去り、スカートまで下ろして一糸まとわぬ姿になった。

どうやら、これで終わりではなく、これから始まるらしい。雄司が息を弾ませながら期待に胸を震わせると、彼女も全裸で添い寝して、再び腕枕してくれた。

「続けて出来るわね？　最後までしてもいい？」

春美が雄司の耳に口を押し付けて囁くと、彼も小さく頷いていた。

「初めて？」

彼女が言うと、雄司もこっくりしていた。やはり雄司は無垢に見えるらしく、彼もまた春美の期待通りに頷いたのだった。

「いいわ、じゃ好きなようにやってみて」

春美が言って仰向けになったので、雄司も余韻を味わいながらのしかかり、また左右の乳首を舐め、滲む母乳を味わってから、白く滑らかな肌を舐め降りていった。

熟れ肌は実にスベスベで、彼は形よい臍を舐め、白く張りのある下腹から豊満な腰、ムッチリした太腿を降りていった。

やはり射精したばかりなので、回復するまでじっくり人妻の肉体を隅々まで賞味したかったのだ。

丸い膝小僧を軽く噛むと、

「あう……、くすぐったいわ……」

春美がビクッと脚を震わせて呻いた。やはり夫は、あまり隅々まで舐めないのかも知れない。

雄司は足首まで下り、彼女の足裏にも舌を這わせた。

指の股に鼻を押しつけて嗅ぐと、そこはやはり汗と脂にジットリ湿り、生ぬるくムレムレになった匂いが籠もっていた。

彼は美人妻の足の匂いを貪り、爪先にしゃぶりついて順々に指の間に舌を挿し入れて味わった。

「アア……、ダメよ、汚いのに……」

春美が彼の口の中でキュッと指を縮め、舌を挟み付けながら喘いだ。

雄司は彼女の両足とも味と匂いが薄れるまでしゃぶり尽くし、ようやく顔を上げた。

「ね、こうして……」

言いながら俯せにさせると、春美も素直に寝返りを打ってくれた。

雄司は彼女の踵からアキレス腱、脹《ふく》ら脛《はぎ》から汗ばんだヒカガミを舐め上げた。

白くきめ細かい太腿から豊かな尻の丸みをたどり、腰から背中を舐め上げると汗の味が感じられた。

ブラの痕をチロチロと舐め、肩まで行って黒髪に顔を埋めて甘い匂いを嗅ぎ、また首筋から背中を舐め降りていった。

たまにキュッと軽く歯を立てると、

「あう……、もっと強く……」

春美がピクリと熟れ肌を震わせて呻いた。

雄司もそっと柔肌を嚙み、脇腹にも寄り道して愛撫しながら、お尻に戻っていった。

俯せのまま股を開かせて真ん中に腹這い、豊かなお尻に顔を寄せながら指で谷間を広げると、薄桃色の綺麗な蕾がキュッと閉じられていた。

鼻を埋め込むと、顔中に双丘が密着し、淡い汗の匂いに混じり秘めやかな微香が籠もり、胸に沁み込んできた。

彼は美女の恥ずかしい匂いを貪ってから、舌先でチロチロと蕾を舐め、充分に濡らしてから舌をヌルッと潜り込ませて粘膜を味わった。

「く……、ダメよ、汚いから……」

春美が顔を伏せて呻き、モグモグと肛門で舌先を締め付けてきた。

雄司は舌を蠢かせ、心ゆくまで味わってから、ようやく顔を上げて、再び春美に寝返りを打たせた。

片方の脚をくぐって、開かれた股間に迫ると、熱気と湿り気が顔じゅうに吹き付けてくるようだった。

ふっくらした丘には程よい範囲に恥毛が茂り、割れ目からはみ出した陰唇は濃く色づき、溢れた愛液が内腿にまで糸を引いていた。

指を当てて陰唇を左右に広げると、微かにクチュッと音がして中身が丸見えになった。

中は綺麗なピンクの柔肉で、息づく膣口の襞には母乳に似た白濁の粘液がまつわりついていた。

ポツンとした尿道口もはっきり見え、包皮の下から突き立ったクリトリスは光沢を放ち、早紀と同じく小指の先ほどの大きさをしていた。

「アア……、そんなに見ないで、早く入れて……」

春美が、彼の視線と息を感じて言い、ヒクヒクと下腹を波打たせてせがんだ。

もちろん舐める前に入れるわけにいかない。

雄司は顔を埋め込み、柔らかな恥毛に鼻を擦りつけ、隅々に籠もった汗とオシッコの匂いを貪った。

そして舌を這わせ、淡い酸味のヌメリをすすり、膣口を掻き回してからクリトリスにチュッと吸い付いた。

「アアッ……シャワーも浴びていないのに……」

春美が朦朧とし、声を上ずらせて言った。

雄司は美女の体臭を胸いっぱいに満たしながらクリトリスを舐め、新たに溢れてくる愛液をすすった。

「あうう……、き、気持ちいい……」

春美も次第に快楽のみに全てを奪われ、量感ある内腿でキュッときつく彼の両頬を挟み付けながら呻いた。

雄司も夢中になって舌を這わせ、美人妻の味と匂いを堪能した。

舐めながら見上げると、震える肌の向こうで巨乳が息づき、その間から仰け反る色っぽい表情が見えた。

彼はクリトリスを吸いながら指を膣口に押し込み、小刻みに内壁を擦りながらさらに天井のGスポットらしき部分も探った。

「ダメ、いきそう……！」

春美は声を上げ、懸命に腰をよじって彼の顔を股間から追い出した。ここで果てるより、早く一つになりたいのかも知れない。

ようやく雄司も顔を引き離し、春美に添い寝していった。

「ね、上から入れてください……」

仰向けになって言うと、春美も息を弾ませながら彼の股間に跨がり、すっかり回復しているペニスに指を添え、先端に割れ目を押し当ててきた。

息を詰めて亀頭を受け入れると、彼女は若いペニスを味わうようにゆっくり腰を沈めていった。

あとは根元までヌルヌルッと滑らかに呑み込まれてゆき、雄司は心地よい肉襞の摩擦を噛み締めた。

「アアッ……、いいわ……！」

春美も深々と受け入れ、完全に座り込みながら顔を仰け反らせて喘いだ。

そして密着した股間をグリグリ擦りつけてから、身を重ねてきた。

「ああ、可愛い……」

春美は近々と顔を寄せて喘ぎ、上から唇を重ね、ヌルッと舌を挿し入れた。

雄司も受け入れ、滑らかに蠢く美女の舌を舐め回し、生温かくトロリとした唾液を味わった。春美の吐息は白粉のように甘い匂いで、鼻腔の天井に引っ掛かるような悩ましい刺激を与えてきた。

彼は両手を回してしがみつき、熱く濡れた膣内の収縮にジワジワと高まっていったのだった。

3

「吸って……」

口を離した春美が緩やかに腰を遣いながら言い、雄司の口に乳首を押し付けてきた。彼も夢中になって吸い、また滲んできた母乳を味わいながら股間を突き上げはじめた。

「ね、顔にかけて……」

雄司が言うと、彼女も自ら色づいた乳首をつまみ、母乳をポタポタと滴らせてくれた。それを舌に受けて味わうと、さらに無数の乳腺から霧状になった母乳も彼の顔を生温かく濡らしてきた。

彼は美女に顔面発射されているような心地で興奮と快感を高め、甘ったるい匂いに包まれながら膣内で幹を震わせた。

「嫌じゃないの？　顔じゅうヌルヌルよ……」

春美は絞り尽くすと、囁いて舌を伸ばし、彼の顔中を舐め回してくれた。

「ああ……」

母乳と唾液の混じった匂いに加え、白粉臭の吐息に鼻腔を掻き回され、雄司は甘美な快感に喘ぎながら股間を突き上げた。

「あう……、感じる……、擦れて気持ちいいわ……」

春美も合わせて腰を遣い、しゃくり上げるように股間を動かしてきた。

そして彼女は巨乳を雄司の胸に押し付けて弾ませ、恥毛も擦れ合わせ、コリコリする恥骨の膨らみまで彼の股間に伝えてきた。

大量の愛液が律動を滑らかにさせ、クチュクチュと淫らに湿った摩擦音も響いて、彼の陰嚢から肛門までをビショビショにした。

「い、いきそう……」

雄司は口走りながら、執拗に春美の舌を舐め、生温かな唾液をすすって心地よく喉を潤した。

　すると、先に春美の方がガクガクと狂おしい痙攣を開始し、膣内の収縮も活発にしてきたのだった。

「い、いく……、アアーッ……！」

　たちまち春美は声を上げ、彼の上で激しく悶えながらオルガスムスに達してしまった。

　その大波に呑み込まれ、続いて雄司も溶けてしまいそうな快感に全身を包まれ、勢いよく射精してしまったのだった。

「ああ……、感じる、もっと出して……！」

　奥深い部分に噴出を感じ、春美は駄目押しの快感を得たように喘いだ。

　雄司は何度も股間をぶつけるように突き動かし、心地よい肉襞の摩擦と収縮の中、最後の一滴まで出し尽くした。

　そして満足しながら動きを弱め、力を抜いていくと、

「アア……、よかったわ……」

　春美も満足そうに声を洩らし、熟れ肌の強ばりを解いてグッタリと彼に体重を預けてきた。

膣内は名残惜しげにキュッキュッと収縮し、刺激されるたびペニスがピクンと内部で過敏に跳ね上がった。

彼は美人妻の重みと温もりを受け止め、湿り気ある甘い息を胸いっぱいに嗅ぎながら、うっとりと快感の余韻を嚙み締めたのだった。

春美も精根尽き果てたように、彼の耳元で荒い息遣いを繰り返し、思い出したようにビクッと肌を震わせていた。

「どうだった？　女の体は？」

春美が、呼吸を整えながら囁いてきた。

「ええ……、夢のようでした。どうか、これからもお願いします……」

「どうかしら、先のことは分からないわ」

雄司が感謝を込めて言うと、さすがに春美も彼があまりに夢中になりすぎることを警戒するように答えた。

「さあ、シャワーを浴びましょう」

彼女は言い、股間を引き離して身を起こした。

雄司も、ティッシュの処理をせず、一緒に全裸のまま階段を下りてバスルームに入った。

湯を出して互いの全身を洗い流すと、美熟女の上気した肌が湯を弾き、何とも色っぽくピンクに染まった。そしてバスルーム内にも、甘ったるい女の匂いが立ち籠めた。

「ね、こうして……」

雄司は床に座り、目の前に春美を立たせて言った。そして片方の脚を浮かせてバスタブのふちに乗せさせ、開いた股間に顔を埋めた。

湯に濡れた恥毛からは、悩ましい匂いが消え去ってしまったが、それでも割れ目を舐め回すと、すぐにも新たな愛液が溢れ、ヌラヌラと舌の動きを滑らかにさせた。

「オシッコしてみて……」

「まあ、どうして……」

「綺麗な奥さんが、出すところを見てみたいから」

彼は羞恥を堪えて言い、自分の言葉にまたムクムクと回復してきてしまった。

「顔にかかるわ。いいの？　少しだけなら出るかもしれないけど……」

春美も興奮に乗じて言い、どうやらその気になってくれたようだった。

雄司は期待に胸を高鳴らせて待ち、割れ目内部を舐め回した。すると柔肉が迫り出すように盛り上がり、たちまち温もりと味わいが変化し、ポタポタと温かな雫が滴ってきた。

「く……、出ちゃうわよ……、いいのね？」

春美が息を詰めて言うなり、たちまちチョロチョロとした流れがほとばしり、彼の顔に注がれてきた。

雄司はそれを舌に受け止め、恐る恐る喉に流し込んでみた。すると味も匂いも実に淡く、抵抗なく飲み込むことが出来て嬉しかった。

「ああ……、バカね、飲んだりして……」

春美も息を弾ませて言い、彼の頭に両手を置いて身体を支えながら、ゆるゆると放尿を続けてくれた。

勢いが増すと口から溢れた分が、温かく胸から腹に伝い流れ、回復したペニスを心地よく浸してきた。

しかしピークを過ぎると急に勢いが衰え、やがて流れは治まってしまった。

雄司はなおも舌を這わせて余りの雫をすすったが、すぐに新たな愛液が溢れ、味わいが洗い流されて淡い酸味とヌメリが満ちていった。

「も、もうダメ……」

春美は感じて声を洩らし、彼の顔を股間から引き離すなり、力尽きてクタクタと座り込んでしまった。

それを抱き留め、もう一度シャワーの湯で全身を洗い流すと、ようやく二人は立ち上がって身体を拭いた。

「ねえ、また勃っちゃった……」

「もう今日はおしまいよ。お買い物に出ないといけないし」

彼は甘えるように言って幹をヒクヒクさせたが、春美は答え、身繕いしてしまった。

「どうか、またお願いします」

「ええ、考えておくわね」

両手を合わせて懇願すると、春美もそう答え、やがて勝手口から出て母屋へと戻っていってしまったのだった。

4

（誰かと出来ないものかなあ……）

朝、雄司は洗濯物を干しながら思った。

すでに早紀と春美という美女たちと体験したというのに、性への渇望は童貞の頃以上に激しくなっていた。

昨夜は結局、一人の夕食を済ませ、洗濯機に突っ込んだ早紀の稽古着とタオルに染み付いた汗の匂いを嗅いでオナニーしてしまったのだった。

童貞の頃は、とにかく女体を知ることが最高の目的だったが、知った今となっては、より多くの回数をこなし、あれもこれも試したいという新たな欲望が湧いてしまった。

やがて雄司は早紀の稽古着とタオルを、更衣室の窓の外にある軒下に吊るし、戸締まりをして大学に行った。

そして午前中の講義を受け、学生食堂で昼食を取っていると由佳が隣に座ってきた。

「お疲れ様。もう一人暮らしは慣れた？」

「うん、ノビノビしてるよ」

「そう、広い道場の上に一人きりで恐くない？」

「子供じゃないんだから、大丈夫だよ」

雄司は食事しながら答え、緊張することもなく由佳と話している自分に気づいた。やはり二人もの大人の女性を知り、少しずつ肝が据わってきたのかも知れないと思った。

少なくとも、女性は想像上の生き物ではなく、触れることも出来、感じれば濡れるということも知ったのである。

「そういえば、ちょっと変わったわ。雄司君」

「そう？　どんなふうに？」

「何となく、頼もしくなったみたい。昨日の稽古でも、すぐに受け身が上手になったし」

由佳が言った。まだ大学一年生ながら無意識に、だんだんと大人になってゆく彼に気づいたのかも知れない。

「雄司君、午後の講義は？」

「ないから、これで帰る」

「そう、私も。前に言っていた本を読み終えたので貸してあげる。家に寄って」

由佳が言い、雄司も頷いた。

やがて食事を終えると、二人でそのまま大学を出て歩きはじめた。

彼女の家は、大学と雄司の家のほぼ中間にあった。

案内されて着くと、そこは住宅街の一角にある大きな一軒家だった。

「入って。ママは留守なの」

由佳がキイを出して言い、門から入っていった。父親は旅行会社に勤務しており出張が多いらしく、母親も友人たちと何かと外に出ることが多いようだ。

雄司は中に入り、由佳に案内されるまま階段を上がった。先を行く彼女のヒカガミが艶めかしく、スカートの巻き起こす風も生温かかった。

二階の部屋に入ると、そこは八畳ほどの洋間。奥の窓際にベッドがあり、手前に学習机や本棚、作り付けのクローゼットやぬいぐるみなどが置かれ、室内には思春期特有の甘い匂いが籠もっていた。

二人きりということで、雄司は激しく勃起してきた。先日、自分の部屋で彼女と二人のときは、まだ何も体験していなくて行動を起こせなかったが今日は何とかなりそうな気がした。

由佳はバッグを置き、本棚の前にしゃがみ込んで彼に貸す本を探した。笑窪の浮かぶ横顔に、午後の陽が射し、神聖な曲線を描く頬の産毛が新鮮な水蜜桃のようだった。

（そう、二人もの大人の女性を知ったのだから、ここは無垢な美少女を相手に、僕がリードしないと……）

雄司がそんなことを思っていると、由佳が本を取り出して立ち上がった。

「これ、持っていっていいわ」

「うん、ありがとう」

言われて受け取り、雄司はその本を机に置くと、そのまま由佳を正面から抱きすくめてしまった。

「あ……、何するの……」

「ごめんね、少しじっとしていて」

由佳が驚いたように言って少しもがいたが、すぐに動きを止めた。

両手で抱きかかえると、鼻の下にふんわりした髪があり、甘いリンスの香りに混じり、ほんのり幼く乳臭い匂いがした。

彼女の顎に指を当て、そっと顔を上向かせて迫り、ぷっくりしたサクランボのような唇にキスした。

「う……」

由佳が小さく呻き、ビクリと硬直したが拒みはしなかった。

何やら雄司は、これがファーストキスのような気がした。何しろ初めて自分から積極的に女の子の唇を奪ったのである。

密着する美少女の唇はグミのような弾力があり、ほんのりした唾液の湿り気も心地よかった。

鼻が交差し、間近に迫る頬もきめ細かかった。由佳は閉じた睫毛を震わせ、苦しげに鼻呼吸していた。息はほんのり甘酸っぱい果実臭で、鼻腔が刺激されるたび、ペニスに興奮と快感が激しく伝わっていった。

そっと舌を挿し入れ、唇の内側の湿り気を舐め、滑らかな歯並びを左右にたどった。すると愛らしい八重歯が触れ、さらに彼はピンクの引き締まった歯茎までチロチロと探った。

ようやく由佳の歯も開かれ、彼は奥に侵入することが出来た。

舌が触れ合うと、ビクッと奥に避難したが、なおも執拗にからみつけるうち、由佳も少しずつ探るように動かしてきた。

美少女の舌は滑らかに蠢き、トロリとした清らかな唾液に生温かく濡れて、実に美味しかった。

そして彼が舌をからめながら、そっとブラウスの胸にタッチすると、

「ンンッ……」

由佳が小さく呻き、反射的にチュッと強く彼の舌に吸い付いてきた。

胸の膨らみは柔らかく、ソフトタッチで手のひらを動かすと、

「アア……、ダメ……」

由佳が口を離して熱く喘いだ。

鼻から洩れる息より、口から吐き出される息の方が湿り気と匂いが濃く、甘酸っぱい芳香が馥郁《ふくいく》と鼻腔を刺激してきた。

抱きすくめていても彼女は膝が震えてフラついているので、支えながら一緒にベッドに座った。

「大丈夫？　キスしたの初めて？」

「……」

囁くと、由佳は小さくこっくりした。

雄司は感激し、自分のファーストキス以上に、美少女のファーストキスを奪ったことの方が大きい気がした。

「お母さんは、しばらく帰ってこない？」

「ええ……」

「じゃ、脱ごうね」

何となくの誘導だった。母親の帰宅が遅いのと、彼女が脱ぐことには何の関係もないのだが、雄司も舞い上がりながら由佳のブラウスのボタンを外してゆき、左右に開いた。

するとと途中から由佳も自分で脱いでくれ、雄司は彼女の背中のホックを外し、ブラも取り去ってしまった。

そしてベッドに横たえ、上半身裸の美少女を観察した。

それなりの膨らみが息づき、乳首と乳輪は何とも清らかな薄桃色をして、内に籠もっていた汗の匂いも解放されて甘ったるく立ち昇った。

さらにスカートの脇ホックを外して引き下ろし、白のソックスまで脱がせると彼女は下着一枚だけの姿になった。

雄司は、自分が脱いでいる間に気が変わるといけないので、性急に屈み込んで無垢な乳首にチュッと吸い付いていった。

「あん……！」

由佳が声を上げ、ビクリと肌を強ばらせた。

柔らかく、陥没しがちな乳首を舐め回し、優しく吸っているうち徐々にツンと勃起してきた。

もう片方にも移動して含み、舌で転がすと、その間も彼女は少しもじっとしていられず、クネクネと身悶え続けていた。

両の乳首を交互に吸い、充分に舐めてから腋の下にも鼻を埋め込むと、じっとり汗ばんだそこは甘ったるい匂いが濃く籠もっていた。

「アア……」

由佳が喘ぎ、くすぐったそうに肩を縮めようとした。

雄司も、匂いや反応以上に、前人未踏の部分を一つ一つ舐めていくことに限りない悦びを感じた。

やがてスベスベの肌を舐め降りると、由佳はいつしか放心したようにグッタリと身を投げ出していた。

雄司は愛らしい縦長の臍を舐め、そのまま最後の一枚に指を掛けて引き脱がせながら、股間は後回しにし、ムッチリした太腿から脚を舐め降りていった。

ショーツも両足首からスッポリ抜き取り、足首を浮かんで浮かせ、足裏に舌を這わせると、

「く……」

由佳が呻き、足は若鮎のようにピチピチと跳ねた。

縮こまった指の間に鼻を押しつけて嗅ぐと、やはり汗と脂に湿って蒸れた匂いが可愛らしく沁み付いていた。

彼は爪先にしゃぶりつき、桜色の爪を舐め、全ての指の間にヌルッと舌を割り込ませて味わった。

「アア……、ダメよ、そんなこと……」

由佳が朦朧としながら言い、雄司はもう片方の足も味と匂いを貪った。

そしていよいよ彼女の股を開かせ、脚の内側を舐め上げて股間へと顔を進めていった。

両膝を割って顔を潜り込ませていくと、由佳がビクリと硬直し、両手で顔を覆った。

張りのある健康的な内腿を舐め上げると、股間の中心部の熱気が感じられた。

見ると、ぷっくりした丘に楚々とした若草が煙り、肉づきのよい割れ目からはピンクの花びらがはみ出していた。

そっと指を当てて陰唇を左右に広げると、

「あう……」

触れられた由佳が小さく呻き、ピクンと下腹を震わせた。

中は清らかな蜜にヌメヌメと潤う柔肉で、花弁のような襞が処女の膣口で息づいていた。

尿道口も確認でき、包皮の下からは小粒のクリトリスが顔を覗かせていた。

もう我慢できず、雄司は顔を埋め込み、柔らかな茂みに鼻を擦りつけながら舌を這わせていった。

5

「ああッ……、ダメ……!」

由佳がビクッと顔を仰け反らせて喘ぎ、内腿でキュッときつく彼の両頬を挟み付けてきた。

雄司はもがく腰を押さえつけ、若草に籠もる匂いを貪った。

甘ったるい汗の匂いに混じり、ほんのりと残尿臭の刺激があり、さらに含まれるチーズ臭は処女特有の恥垢の匂いであろうか。

とにかく美少女の蒸れた股間の匂いで鼻腔を満たし、雄司は激しく勃起しながらクチュクチュと膣口の襞を掻き回し、滑らかな柔肉をたどってクリトリスまで舐め上げていった。

やはりヌメリは今までの二人同様淡い酸味を含み、陰唇の表面は汗の味がした。

舌先で小刻みにチロチロとクリトリスをくすぐると、

「アア……、い、いや……」

由佳が身を弓なりに反らせ、腰をガクガク上下させて喘いだ。

十八歳の大学一年生だから、いかに処女でもオナニーぐらいしているだろう。

それでも自分の指と男の舌は相当に違い、羞恥もあるだろうから、かなり感じすぎるようだ。

雄司も触れるか触れないかというソフトな愛撫で舌を這わせ、新たに溢れてくる蜜をすすった。

さらにオシメでも替えるように由佳の両脚を浮かせ、白く丸いお尻の谷間に顔を迫らせた。

薄桃色の蕾がキュッとおちょぼ口のように閉じられ、それは綺麗に襞が揃っていた。

鼻を埋め込むと、双丘が心地よく顔全体に密着し、蕾に籠もって蒸れた汗の匂いに混じり、秘めやかな微香も感じられた。

雄司は美少女の恥ずかしい匂いを貪り、舌先でくすぐるように舐め、ヌルッと潜り込ませて粘膜も味わった。

「く……」

由佳が息を詰めて呻き、キュッと肛門で舌先を締め付けてきた。

雄司は内部で舌を蠢かせ、充分に愛撫してから脚を下ろし、再び割れ目に戻っていった。

愛液も量を増し、雄司は舐めながらズボンと下着を脱ぎ去り、身を起こしてシャツも脱いで全裸になった。

しかし由佳は失神したようにグッタリと身を投げ出し、とてもペニスを舐めてくれそうにない。そうした愛撫はまたの機会として、とにかく彼は由佳と一つになることを優先した。

股間を進め、急角度にそそり立ったペニスに指を添えて下向きにさせ、濡れた割れ目に先端を擦りつけた。

溢れる愛液を充分に張りつめた亀頭にまつわりつかせながら位置を定め、ゆっくりと挿入していった。

カリ首までがズブリと潜り込むと、あとは滑らかにヌルヌルッと根元まで押し込むことが出来た。

「あう……！」

深々と挿入して股間を密着させると、由佳は眉をひそめて呻き、呼吸まで止まってしまったかのように全身を凍り付かせた。

雄司は熱いほどの温もりと、きつい締め付け、心地よい肉襞の摩擦を感じながら身を重ねていった。

すると由佳も、支えを求めるように下から両手を回してしがみついてきた。

彼も由佳の肩に腕を回し、肌の前面を完全に密着させた。胸の下では、やや硬い弾力を秘めたオッパイが押し潰れて弾み、恥毛が擦れ合って、恥骨のコリコリも感じられた。

「大丈夫？　痛いだろうけど、すぐ慣れるからね」

気遣って囁くと、由佳も奥歯を噛み締めながら小さく頷いた。

雄司は息づくような収縮とヌメリに高まり、様子を探りながら徐々に腰を突き動かしはじめた。

「アア……」

由佳が顔を仰け反らせて喘ぎ、しがみつく両手に力を込めた。

雄司は、美少女の喘ぐ口に鼻を押しつけ、甘酸っぱい果実臭を胸いっぱいに嗅いだ。

胸の奥が切なくなるほど、可愛らしく艶めかしい匂いだ。

「ベロを出して……」

さらに囁くと、由佳も素直にチロリと舌を出してくれ、雄司は鼻の頭を擦りつけ、ヌルヌルにしてもらった。

そして執拗に舌をからませて清らかな唾液を味わい、ジワジワと絶頂を迫らせていった。

年上の女性に手ほどきを受けるのもいいが、無垢な子を征服する快感は格別なものだった。このまま許されるなら、美少女の舌も頬も、思い切り嚙みつきたい衝動にさえ駆られた。

いったん腰を突き動かしはじめると、あまりの快感に動きが止まらなくなってしまい、次第にリズミカルに前後運動を始めてしまった。

それでも熱い潤滑油は充分すぎるほど溢れているし、次第に彼女も破瓜の痛みが麻痺してきたか、律動が滑らかになってクチュクチュと湿った摩擦音も聞こえてきた。

もう止まらず、雄司はこのままフィニッシュを目指しはじめた。

そして快感の高まりとともに、初体験への気遣いも忘れ、思わず股間をぶつけるように激しく動いてしまった。

たちまち雄司は大きな絶頂の快感に全身を貫かれ、身を震わせながら勢いよくドクドクとザーメンをほとばしらせた。

「く……！」

激しいオルガスムスに呻き、心置きなく出し尽くすと、中に満ちるザーメンで動きがさらにヌラヌラと滑らかになった。

「アアッ……！」

由佳も声を上げたが、もちろん快感によるものではなく、とうとう嵐が全て過ぎ去ったというような安堵と、処女を失ってしまったという感嘆の声だったのかも知れない。

とにかく雄司はすっかり満足しながら徐々に動きを弱めてゆき、由佳に体重を預けていった。

彼女は硬直を解いてグッタリと身を投げ出し、ハアハアと荒い呼吸を繰り返していた。雄司は息づく膣内でヒクヒクと幹を震わせ、美少女の吐息を嗅ぎながらうっとりと快感の余韻を味わった。

あまり長く乗っているのも可哀想なので、雄司は呼吸を整えると、身を起こして股間を引き離した。

「う……」

ヌルッと抜けるとき、由佳が小さく呻いた。

雄司は枕元にあったティッシュを取り、手早くペニスを拭ってから、彼女の股間に潜り込んだ。

小ぶりの陰唇が痛々しくめくれ、膣口から逆流するザーメンに混じり、うっすらと血の糸が走っていた。

そっとティッシュを押し当ててヌメリを拭い、とうとうとびきりの美少女の処女を奪ったのだという実感と感激に包まれた。

「大丈夫？　ごめんね……」

「なぜ謝るの……」

言うと、由佳が小さく答えた。

「そうだね、謝ることはないか。この世で一番好きなんだから」

「本当？」

「うん」

雄司は答え、恋人が出来た喜びで胸を満たした。

「でも、今日は帰って。一人になりたいの」

「うん、分かった」

由佳が言い、雄司も手早く身繕いをして、薄掛けを身体に掛けてやった。

「じゃ、明日また学校で」

「ええ……」

雄司が言うと、由佳も横になったまま答えた。

別に泣き出すわけでもなく、単に大人への一歩を踏み出した感慨に浸りたいのだろうと思い、彼もそのまま静かに部屋を出た。

やがて雄司は階段を下り、玄関で靴を履いて外に出た。ここで母親でも帰ってきたら大変だと思ったが、そのようなことはなく、彼は門から出て家へと向かったのだった。

（とうとうしちゃったな……）

歩きながら、雄司は童貞を失ったとき以上の感激を覚えた。

やはり年上女性に手ほどきを受けるのもいいが、自分の手で処女を女にするというのは格別であった。

それにしても、僅か三日間で三人もの女性と関係を持ったのだ。

今回の引っ越しは、実に絶大な女性運が向いてくる方角と運命だったのかも知れない。

そして雄司は、処女を奪ったばかりの由佳への執着を感じながらも、また別の女性とも体験したいと思ってしまったのだった。

第三章　制服姿の同級生

1

「あの、ごめんください……」

　帰宅した雄司がシャワーを浴びていると、勝手口の方から声がかかった。

　雄司は、由佳の愛液と破瓜の血を洗い流し、急いで身体を拭いてトランクスを穿き、バスタオルを肩から掛けて出た。

「はい……」

「まあ、ごめんなさい。お風呂だったのね」

　ドアを開けると、そこに講師のメガネ美女、早崎綾香が立っていた。

「いえ、いま出たところですので。何か」

「昨日のおさらいをしに来たのですが、早紀さんは来られないけど、雄司君と稽古するように許しをもらいました」

綾香が言い、彼もとにかく中へ入れた。

「私うまくないし、どうも、大勢だと気後れしてしまって、みんなが居ないときの方が気が楽なんです」

確かに、学者肌の知的な綾香も、雄司と同じくスポーツは苦手そうなタイプである。早紀や、柔道部の猛者である沙耶などがいないときに、大人しい者同士で昨日の復習をしたかったのだろう。

「構いません。どうぞ」

そう言って、綾香は更衣室に入っていった。雄司も、自分の稽古着だけ出してドアを閉め、道場の隅で着替えた。

彼も、大勢の稽古は疲れるが、大人しい綾香と二人なら全く嫌ではなかった。

やがて綾香もジャージ姿で更衣室を出て、一礼して道場に入ってきた。

「じゃ、お願いします」

綾香が言う。アップにした黒髪はそのままで、メガネを外しているので見知らぬ美女と対峙しているような気分だ。

専門は文学史で、雄司も彼女の真面目な講義のファンだった。

「まず、後ろから抱きつかれたときの対処法でしたね」

雄司も、昨日早紀に習ったことを思い出しながら言い、実際にやってみることにした。

綾香が歩いているところへ後ろから雄司が襲いかかり、段取り通りにいきなり羽交い締めにした。髪が甘く匂い、緊張に汗ばんでいるのか、甘ったるい汗の匂いも感じられた。

しかも勢い余って、雄司の股間が綾香の形よい尻に密着してしまったのだ。

「あ……」

綾香が小さく声を洩らし、習った通り雄司の手首を摑んでひねると、彼も一回転して受け身を取った。

「そうです。相手を倒したら、火事だと叫んで逃げるだけです。ちゃんと出来るじゃないですか」

雄司は立ち上がりながら言ったが、綾香は納得していなかった。

「今のは型通りに倒れてくれただけです。実際女の力で、こう上手くはいきません」

「まあ、それはそうですが、知っているのと知らないのとでは、知っている方が紙一重で助かる可能性がある、と早紀先生も」

「どうかもう一度、本気で組み付いてください」

「え……、わ、分かりました。では」

言われて、雄司もやり直した。

歩いている綾香の背後から迫り、さっき以上に勢いを付けて密着した。

もちろん雄司も、由佳と貴重なセックスをしたあとだが、シャワーを浴びてすっかり淫気も体力もリセットされたのか、綾香の尻の丸みと感触にムクムクと勃起してきてしまった。

「アア……、もっと強く……」

綾香がもがきながら言い、それでも懸命に彼の手首を摑んでひねろうとした。

しかし非力な彼女では、運動音痴の雄司の腕さえ振りほどくことは出来なかった。

雄司は、再び彼女の尻に股間を押しつけ、前に回した手も偶然胸の膨らみに触れていた。

甘ったるい匂いがさっきより濃く漂い、そのうち綾香はバランスを崩して、彼と一緒に畳に倒れ込んでしまった。

しかも綾香は倒れる寸前に身を反転させていたから、仰向けになった彼女に雄司がのしかかる形となった。

「ああ……、助けて……」

彼女が熱く甘い息を弾ませ、雄司の下で嫌々をした。

「し、失礼……」

「止めないで……、このあと、男性はどのようにするのですか……」

身を起こそうとする雄司に言い、彼女は下から両手でしがみついてきた。

「む、胸を揉んだり、唇を奪ったりするのでしょうね……」

「では、そのように続けて……」

雄司が答えると、綾香は熱っぽい眼差しで下から彼を見つめて言った。

彼も、どうにも妙な雰囲気に違和感を覚えながらも、そのまま彼女の胸をそっと揉み、唇を寄せていった。

すると綾香の方から抱きついて彼の顔を引き寄せ、ピッタリと唇を重ねてきたのである。

「ンンッ……！」

綾香はクネクネともがきながらも、火のように熱い呼吸を繰り返し、自分から舌を挿し入れてきたのである。

(犯されたい願望の持ち主なのかな……)

雄司も興奮に舞い上がりながら思い、美女の滑らかな舌を舐め回し、生温かな唾液と吐息を味わった。

しかも、さらに彼女は雄司の股間に手を伸ばし、勃起したペニスを握ってきたではないか。

「大きくなってるわ……、どうか、続けて……」

綾香が口を離して言い、縋《すが》り付くような眼で彼を見上げた。

「ま、待ってください。ここは道場なので、それなら二階へ……」

雄司も、それほど武道に傾倒しているわけではないが、早紀にとっての神聖な場所で淫らなことをしてはいけないという分別ぐらいはあった。

すると綾香も両手を解き、彼と一緒に身を起こしてきた。

そして拒まれないようにするためか、雄司にピッタリと身体を密着させたまま道場を出た。

綾香は更衣室でメガネだけかけて一緒に階段を上がり、密室に入るとようやく安心したように彼から手を離し、ジャージを脱ぎはじめた。

「ごめんなさい、こんなことになって……。嫌でなかったら、どうか最後までして……」

綾香は言い、みるみる白い肌を露わにしていった。さらに結っている髪も解くと、サラリとセミロングになった。

雄司も帯を解いて稽古着の上下を脱ぎ去り、全裸になった。

「無理やりされたいのですか……」

「ええ……、前に付き合っていた彼が、あまりに淡泊な人で、どうにも物足りずに別れてしまったもので……」

綾香は答えながら、ためらいなく一糸まとわぬ姿になりベッドに横たわった。

色白で手足は細く、オッパイもそれほど大きくはないが、腰回りと太腿はムッチリとして色っぽい体つきだった。

しかも視力が弱いのか、しっかり男を見据えたいのか、全裸にメガネだけかけているのもやけに興奮をそそった。

雄司ものしかかり、綺麗な桜色をした乳首にチュッと吸い付いていった。

「ああッ……、もっと強く……、噛んでもいいから……」

綾香がすぐにも熱く喘ぎ、クネクネと身悶えながらせがんできた。

雄司も興奮を高め、コリコリと硬くなった乳首に歯を立て、小刻みに噛みながら舌を這わせた。

「あうう……、強く噛んで……、血が出てもいいから……」

綾香は彼の顔を両手できつく抱きすくめ、汗ばんで甘ったるい匂いを濃く揺らめかせた。

雄司も左右の乳首を交互に含んで舐め、歯で刺激しながら顔じゅうで膨らみの感触を味わった。さらに腋の下に鼻を埋めると、スベスベの腋にも濃厚な体臭が籠もり、彼は執拗に嗅ぎながら舌を這わせた。

そして脇腹を舌と歯で愛撫しながら下降し、真ん中に移動して臍を舐め、ピンと張り詰めた白い下腹から腰を念入りに舌で探った。

「アア……、感じる……」

綾香は我を忘れて喘ぎ、どこに触れてもビクッと敏感に反応した。どうやら相当に欲求が溜まり、昨日の稽古でも、雄司に乱暴にされることを妄想していたようだった。

雄司はムッチリと張りのある太腿を舐め降り、ときにキュッと歯を食い込ませて肌の弾力を嚙み締めた。

膝小僧から滑らかな脛を舌でたどり、足首から足裏に回り込んだ。

そして足裏を舐め、指の間に鼻を割り込ませて嗅ぐと、そこは汗と脂に湿り、由佳以上にムレムレの匂いが沁み付いていた。

爪先をしゃぶり、全ての指の股に舌を割り込ませ、もう片方の足も味と匂いを貪り尽くしていった。

2

「ああ……、くすぐったくて、変な感じ……」

綾香は言い、雄司の口の中で指を縮めて舌を挟み付けた。当然ながら淡泊な元彼は、こんな部分まで舐めてくれなかったのだろう。

おそらく綾香は大きな欲望を抱えていながら、彼がそれに応えてくれず、はしたない要求も口に出来ないまま長年悶々としてきたのかも知れない。

雄司は彼女の両足とも存分に味わい、やがて大股開きにして脚の内側を舐め上げていった。

「アア……、は、恥ずかしい……」

両膝を全開にさせて顔を割り込ませると、綾香が激しく腰をよじって喘いだ。

雄司は白くムッチリした内腿にも舌を這わせ、キュッと肉を咥えてモグモグと咀嚼《そしやく》するように歯で刺激した。

「あうう……、もっと強く……!」

綾香は、股間から熱気と湿り気を揺らめかせながら悶え、雄司も柔肌の弾力に夢中になった。それでもさすがに歯形がつくほどには嚙まず、やがて割れ目に目を凝らした。

股間の丘に煙る恥毛はほんのひとつまみほどの淡いもので、陰唇も実に清らかな印象があったが、愛液だけは大洪水になって割れ目全体をビショビショにさせていた。

指で広げると、襞の入り組む膣口には白っぽい粘液もまつわりつき、クリトリスはかなり大きめで、亀頭の形をしてツンと突き立っていた。

「そ、そんなに見ないで……」

綾香は言ったが、彼の視線だけで相当に感じているようだった。

「オマ××舐めてって言ってください」

雄司は、彼女の羞恥を煽るように言った。

「アア……、そ、そんなこと言えないわ……」

「言わないと舐めませんよ。ほら、こんなに濡れているのに」

嫌々をする彼女の割れ目に指を這わせ、クチュクチュと湿った音を立てながら言うと、綾香は今にも昇り詰めそうなほど身を反らせて下腹をヒクヒクと波打たせた。

「お、お願い……、舐めて……」

「ちゃんと言ってください」

「オ、オマ××を舐めて……、アアッ……！」

綾香は口走り、自分の言葉に感じて新たな愛液をトロリと漏らしてきた。

雄司も我慢できず、ギュッと顔を埋め込み、柔らかな茂みに鼻を擦りつけ、ことさら犬のようにクンクン鼻を鳴らして嗅いだ。

「いい匂い」

「あう……、ダメ、言わないで……」

甘ったるい汗の匂いとほのかな残尿臭、それに大量の愛液による生臭い成分を貪りながら言うと、綾香は内腿でキュッときつく彼の顔を挟み付け、顔を仰け反らせながら呻いた。

舌を挿し入れ、膣口の襞を掻き回すと淡い酸味のヌメリが動きを滑らかにさせた。そのままクリトリスまで舐め上げていくと、

「あぁッ……!」

綾香は身を弓なりにさせて喘ぎ、しばし快感を嚙み締めるように反り返ったまま硬直した。

雄司も舌先でチロチロと、上下左右に小刻みに動かしてクリトリスを刺激しては、溢れてくる蜜を舐め取った。

「ダ、ダメ……、変になりそう……」

絶頂を迫らせたか、彼女がガクガクと腰を動かして哀願した。

「シャワーも浴びてないのに舐められるの、初めて?」

股間から訊くと、あらためて洗っていないことを思い出したように綾香がビクリと身を強ばらせた。

「は、初めてよ……、い、嫌な匂いしない……?」

彼女が、不安げに訊いてきた。

「オシッコの匂いがムレムレになっているけど、綺麗な先生のオマ××の匂いだから我慢します」

「い、いやッ……！」

綾香が喘ぎ、内腿の締め付けを強くさせてきた。言葉だけでも、相当に愛液の量が増してくるようだ。早紀などとは違い、マゾっぽいタイプは実に新鮮だった。

雄司は充分に味と匂いを堪能してから、彼女の両脚を浮かせ、白く丸い尻の谷間に迫った。

キュッと閉じられたピンクの蕾に鼻を埋め込んで嗅ぐと、やはり汗の匂いに混じって秘めやかな微香が籠もっていた。舌先でチロチロと舐めて濡らし、ヌルッと潜り込ませて粘膜を味わうと、

「あう……、ダメよ、何してるの……！」

綾香が驚いたように声を上げ、キュッと肛門で舌先を締め付けてきた。

三十歳にもなって、肛門を舐められたのは初めてなのかも知れない。相当につまらない男と付き合っていたようだ。

構わず舌を出し入れさせるように動かすと、

「アア……、変な感じ……」

綾香は浮かせた脚をガクガクさせ、肛門を収縮させながら喘いだ。

雄司の鼻先の割れ目からは、さらにトロトロと愛液が溢れ、ようやく彼も舌を引き離し、再び割れ目を舐め上げていった。

光沢を放つクリトリスに吸い付くと、

「も、もうダメ……、お願い、犯して……！」

綾香が激しく腰をよじらせて口走った。

ようやく雄司も身を起こし、そのまま股間を進め、幹に指を添えて先端を割れ目に擦りつけた。

充分に潤わせてから位置を定め、ゆっくり膣口に挿入していくと、

「ああーッ……！」

綾香は仰け反りながら熱く喘ぎ、雄司も根元まで押し込んだ。

ヌルヌルッと幹を包む肉襞の摩擦と温もり、きつい締め付けとヌメリが実に心地よかった。

雄司は股間を密着させ、メガネ美女の感触を味わった。

しかし、ここで果てる気はないので身を重ねず、何度か動かしては綾香の表情を観察し、やがて彼女を横向きにさせた。

「こうして……」

言いながら綾香の下の脚に跨がり、上の脚に両手でしがみつくと、松葉くずしの体位になった。股間が交差したので密着感が高まり、膣内だけでなく滑らかに吸いつくような内腿の感触も伝わった。

「アア……」

綾香は朦朧となって喘ぎながら、すでに何度か小さなオルガスムスの波を感じているように肌を痙攣させていた。

「今度は後ろ向きに」

雄司が言うと、綾香も操られるように俯せになってゆき、四つん這いで尻を高く上げて突き出してきた。

バックスタイルになり、彼は腰を抱えながら股間をぶつけるように突き動かした。下腹部に当たって弾む尻の感触が何とも心地よく、彼は覆いかぶさって両脇から回した手でオッパイを揉んだ。

「あうう……、もうダメ……」

綾香は声を震わせて言い、力尽きたようにグッタリと突っ伏してしまった。

雄司もいったん引き抜いて添い寝し、彼女の手を握って、愛液にまみれたペニスを握らせた。

「ね、今度は綾香先生がして……」

そう言うと、彼女もニギニギと指を動かしてくれた。

さらに綾香の顔を股間の方へ押しやると、素直に移動していった。

雄司が仰向けの受け身体勢になると、綾香も彼の股間に腹這い、熱い息を吐きかけてきた。

「ここ舐めて。僕はシャワーを浴びて綺麗にしてあるから」

脚を浮かせ、自ら抱えて言うと、綾香はまた羞恥に息を弾ませながら、彼の肛門にチロチロと舌を這わせてくれた。

「中にも入れて」

言うと、綾香も熱い息を籠もらせながらヌルッと舌先を押し込んできた。

「ああ……、気持ちいい……」

雄司は、潜り込んだ美女の舌先をモグモグと肛門で締め付けながら喘いだ。

やがて脚を下ろすと、綾香も舌を引き抜いた。

「ここも舐めて」

陰嚢を指して言うと、綾香も袋に舌を這わせ、生温かな唾液に濡らしながら二つの睾丸を転がしてくれた。

そして誘うように幹をヒクヒクさせると、彼女も自分からペニスの裏側を舐め上げ、先端まで舌を這わせてきたのだった。

指で幹を支え、舌先でヌラヌラと尿道口を舐め、滲む粘液を拭ってからスッポリと喉の奥まで呑み込んできた。

3

「ああ……、いい……」

雄司は根元まで綾香の温かく濡れた口に含まれ、快感に喘ぎながら唾液に濡れたペニスを震わせた。

彼女も深々と頬張り、熱い鼻息で恥毛をそよがせながら幹を締め付けて吸い、自分の愛液にまみれていることも厭《いと》わず、クチュクチュと執拗に舌をからみつかせてきた。

「ンン……」

先端で喉の奥を突くと彼女が呻き、さらに大量の唾液を溢れさせて肉棒を温かく浸してくれた。

小刻みに股間を突き上げると、綾香もスポスポと濡れた口で摩擦してくれ、雄司も充分に高まってきた。

「跨いで」

言いながら手を引っ張ると、綾香もスポンと口を引き離して身を起こし、彼の股間に跨がってきた。そして唾液に濡れた幹に指を添え、自分で先端を割れ目に押し付けた。

上になることは少なかったのか、仕草はぎこちない感じだったが、もうためらいはなく、彼女は息を詰め、ゆっくりと腰を沈めて味わうように彼自身を受け入れていった。

「アアッ……！」

ヌルヌルッと滑らかに根元まで受け入れると、綾香は顔を仰け反らせ、股間を密着させて喘いだ。

雄司も温もりと感触を味わいながら、快感に幹を震わせ、両手を伸ばして彼女を抱き寄せていった。

抱きすくめて両膝を立て、彼は何度かズンズンと股間を突き上げては、また休憩し、少しでも長く味わおうと思った。

「ね、オマ××気持ちいいって言って」

「オ、オマ××、気持ちいい……」

言うと綾香も息を弾ませながら小さく言い、同時にキュッと膣内が締まった。

「綾香先生の、オマ××と肛門の匂い覚えちゃった」

「あう！　ダメ、黙って……」

綾香が羞恥に身悶え、彼の口を塞ぐように上からピッタリと唇を重ねてきた。

雄司も受け止め、舌をからめながら生温かな唾液を味わった。

「もっと唾を出して。いっぱい飲みたい」

囁くと、綾香も喘いで渇いた口の中で懸命に唾液を分泌させ、口移しにトロトロと吐き出してくれた。

小泡の多い粘液を味わい、うっとりと喉を潤すと甘美な悦びが胸に沁み込んできた。

「顔ぜんぶ舐めて……」

言いながら鼻を押しつけると、綾香も興奮に乗じて舌を這わせ、彼の鼻の穴から頬までヌラヌラと唾液にまみれさせてくれた。

口の中に鼻を押し込んで嗅ぐと、熱く湿り気ある息が鼻腔に広がり、甘い花粉臭の刺激が胸を満たしてきた。

「いい匂い……」

「あ……」

言うと、また綾香は羞じらいに声を洩らしたが、彼が突き上げを強めると、否応なく熱い息が洩れてしまった。

大量に溢れる愛液が互いの股間をビショビショにさせ、彼の陰嚢を濡らして肛門の方まで伝い流れてきた。次第に綾香も腰を遣い、互いの動きもリズミカルに一致していった。

「い、いきそうよ……」

綾香が口走り、股間をしゃくり上げるように擦りつけてきた。

内部の天井あたりが感じるらしく、亀頭のカリ首も執拗にその部分だけ当たるように動いた。

もう雄司も限界に達し、激しく股間を突き上げながら、心地よい摩擦の中で昇り詰めてしまった。

「い、いく……！」

彼は突き上がる大きな絶頂の快感に口走り、ありったけの熱いザーメンをドクドクと勢いよく内部にほとばしらせた。

「あう、気持ちいい……、アアーッ……!」

噴出を感じた綾香も同時に声を上ずらせ、ガクンガクンと狂おしいオルガスムスの痙攣を開始した。

同時に、膣内の収縮も高まり、雄司は心地よい摩擦と締め付けの中で、心置きなく最後の一滴まで出し尽くしていった。

すっかり満足しながら徐々に突き上げを弱めていくと、綾香もいつしか失神したように、ぐんにゃりと全身の力を抜いてもたれかかってきていた。

それでも膣内の収縮は続き、思い出したようにビクッと肌が波打って呼吸を震わせていた。

雄司は過敏に幹をヒクヒクと震わせ、綾香の唾液と吐息の匂いで鼻腔を満たしながら、うっとりと快感の余韻に浸り込んだ。

年上でも、綾香のようなタイプはこちらがリードしなければならず、これはこれで大きな悦びがあった。

見かけでは判断できず、淑やかで上品な外見なのに内心は激しい欲求を抱えていたのだ。

「大丈夫ですか？」

「ええ……」

まだ繋がったまま囁くと、綾香が小さく答えた。

「すごすぎるわ……、こんなに気持ちよくなったの、初めて……」

綾香が言い、余韻を噛み締めるようにキュッと締め付けてきた。

そして彼女は荒い呼吸を繰り返しながら、雄司に体重を預けて言った。

「また、来てもいい……？」

「ええ、大丈夫なときはいつでも。来る前にメールしてください」

「ええ……」

「でも、一つ条件があります。絶対にシャワーとトイレ洗浄機は使わないで。また、歯磨きをしないで来てくださいね」

「え……、なぜ、そんな……」

「だって、綾香先生のナマの匂いが、すっかり好きになってしまったから」

その言葉を聞いて、また彼女は激しい羞恥にキュッキュッと膣内を収縮させた。

何やら、このままもう一回昇り詰めそうな気配である。

しかし綾香も、これ以上すると帰れなくなると思ったか、懸命に力を入れて股間を引き離した。

「アア……、もうシャワーを浴びてもいいわね……」

「ええ、階段が危ないので一緒に」

雄司は言い、彼女を支えながら一緒にベッドを降りた。そして注意深く階段を下り、バスルームに入った。

椅子に座って全身を洗い流し、ようやく綾香もほっとしたようだった。

もちろん雄司は、バスルームとなれば例のものを求めてしまった。

「こうして」

自分は椅子に座ったまま目の前に綾香を立たせ、片方の足をバスタブのふちに乗せさせた。

「どうするの……」

「自分で割れ目を広げて、オシッコするところを見せて」

「そ、そんなこと、出来るわけないでしょう……」

綾香は驚いて立ちすくんだが、雄司はその姿勢を崩させないよう腰を抱え、割れ目に顔を埋め込んだ。

柔肉を舐めると、すぐにも新たな蜜が溢れ、ヌラヌラと舌の動きが滑らかになった。

「アア……、もうダメよ……、そろそろ帰らないと……」

綾香は尻込みしたが、クリトリスを吸われてガクガクと膝を震わせた。

「さあ、少しでいいから出して」

雄司が股間から言い、執拗に吸い付いてせがむと、彼女も尿意が高まったか、しなければ終わらないと悟ったように下腹に力を入れはじめてくれた。

「あうう……、いいの、本当に……、お口に入るわ……」

綾香が声を上ずらせて言ったが、雄司は応じるように黙々と舌を這わせて吸い付いた。

すると柔肉が蠢き、温かな流れが溢れてきた。

「く……」

彼女は慌てて止めようとしたようだが、チョロチョロと彼の口に注がれてきた。

雄司は舌に受け、温もりと匂いに包まれた。喉に流し込んでも、それほどの抵抗はなく、今までのように味は実に淡く上品なものだった。

綾香は唇を噛み締め、少しでも早く終えるように力んでいた。

勢いが増し、溢れた分が肌を温かく伝い、悩ましい匂いも立ち昇った。

しかしすぐにピークを越えて流れが衰え、やがて治まってしまった。

雄司は残り香の中で余りの雫をすすり、新たに溢れる愛液を味わいながら美女の匂いを貪った。

「アア……、もうダメ……」

とうとう力尽き、綾香は脚を下ろすと同時に、クタクタと座り込んでしまったのだった……。

4

「あれから大丈夫だった？」

翌日、雄司は大学で由佳に言った。

今日も全ての講義を終えたところだ。綾香とも顔を合わせたが、彼女は何事も無かったように笑顔で会釈した。もちろん内心では昨日の快楽を思い出し、乱れに乱れていることだろう。

もちろん近々、綾香からもメールが来るに違いないので、雄司も今日は由佳のことに専念していた。

「ええ……」

由佳も思い出したように、ほんのり頬を紅潮させて頷いた。傷ついたり後悔している様子もないので、雄司も安心したものだった。

「今日はダメ？」

ムラムラと欲情しながら訊くと、由佳も小さく頷いた。

「ええ、今日もママはスポーツジムの飲み会で遅いの」

「わあ、嬉しい」

雄司は舞い上がり、また一緒に帰り彼女の家に向かった。

「本は、まだ読み終えてないので今度返すね」

「ええ、いいわ、いつでも」

由佳は答え、彼女も二人きりになるのを楽しみにしているようなので、雄司は胸と股間を膨らませて歩いた。

やがて家に着き、由佳は彼を招き入れて内側からドアをロックし、二階の彼女の部屋に入った。

「ね、シャワー浴びたいわ。今日は体育があったの」

由佳が言う。彼女のクラスは体育の授業があり、テニスをしていたらしい。

「ううん、出来れば由佳ちゃんのナマの匂いが好きだから、このままで——」

もちろん雄司は引き留めた。

自分は朝シャワーを浴びてきたし、今日はろくに動いていないので汗もかいていなかった。

「ええ？　汗ばんでいるのに……」

「それよりお願いがあるんだ。高校時代の制服はまだ取ってある？」

由佳がモジモジと言い、雄司は勃起しながら話題を変えた。

「あるけど……」

「裸の上からそれを着てほしい。高校時代の由佳ちゃんの姿を見てみたいから」

「着られるかな……」

由佳も興味を覚えたようにクローゼットを開いて、セーラー服を取り出した。

それは白の長袖で、三本の白線の入った襟と袖だけ濃紺。スカーフも白で、スカートは紺だった。

高校を卒業して、まだ半年だから充分に着られるだろう。

由佳はすぐにも服を脱ぎはじめ、雄司も手早く全裸になりながら彼女の着替えを眺めた。

　先に甘い匂いの沁み付いたベッドに横になって見ていると、由佳もためらいなくブラウスとブラを脱ぎ去り、上半身裸になってセーラー服を着た。

　そしてスカートとソックスを脱ぎ、濃紺のスカートに履き替えてから下着を脱ぎ、スカーフをキュッと締めた。

　黒髪がふんわりと肩にかかり、たちまち女子高生の姿になった。

　これなら外を歩いても、現役の女子高生で通用するだろう。

「わあ、可愛いよ、とっても」

「恥ずかしいな……」

　由佳は頬をほんのり染めて言い、やがて雄司は彼女をベッドに誘った。

「ね、ここに立って」

　彼は仰向けになって言い、顔の横を指した。

「こう……?」

　由佳も素直にベッドの上に立ち上がり、彼の顔の横に来た。

「足を顔に乗せて」

「どうして、そんなことを……」

「美少女に踏まれたいから」

「そんな……、変なの……」

由佳は言いながらも、処女を失ってからは物怖じせず、何でも好奇心を前面に出して従ってくれた。

壁に手を突いて身体を支え、由佳はそろそろと片方の足を浮かせ、そっと彼の顔に乗せてきた。

鼻と口に美少女の足裏を感じ、雄司はうっとりしながら見上げた。

ムチムチと健康的な張りを持った脚が真上に伸び、スカートの暗がりには僅かに割れ目も見えていた。

足裏に舌を這わせ、指の股に鼻を押しつけると、体育をやっただけあってそこは汗と脂に生ぬるく湿り、ムレムレの匂いも悩ましく沁み付いていた。

「もっと強く踏んで」

言うと由佳はグリグリと力を入れてくれた。

「ああ、変な感じ。こんなことしているなんて……」

彼女も妖しい雰囲気に息を弾ませはじめ、初めての体験に興奮を高めてきたようだった。

雄司は爪先にしゃぶり付き、順々に指の間を舐めてから、足を交代してもらった。そして、そちらも味と匂いを心ゆくまで堪能してから、足首を摑んで顔を跨がせた。

「しゃがんで」

言うと由佳も息を詰め、雄司の顔に跨がって、ゆっくりと和式トイレスタイルでしゃがみ込んでくれた。

ニョッキリとした脚がM字になり、裾がめくれ、白い内腿がはち切れそうにムッチリと張り詰めた。

そして股間が鼻先に迫ると、生ぬるい熱気が彼の顔を包み込んだ。

「ああ、恥ずかしいわ……」

由佳が言い、雄司も下から腰を抱き寄せ、若草に鼻を埋め込んだ。隅々には汗とオシッコの匂いが生ぬるく籠もり、嗅ぐたびに胸いっぱいに甘美な悦びが満ちていった。

「いい匂い」

「嘘よ、そんなの……」

真下から言うと、由佳は答えながらも拒みはしなかった。

はみ出した花びらの間に舌を挿し入れると、すでに中はヌルッとした淡い酸味の蜜が溢れ、すぐにも舌の動きを滑らかにさせた。

処女を失ったばかりの膣口の襞をクチュクチュと舐め、コリッとしたクリトリスまで舐め上げていくと、

「あん……!」

由佳が喘ぎ、さらにトロリと新たな愛液を漏らしてきた。

雄司は白く丸い尻の下に潜り込み、顔中にひんやりした双丘を受け止めながら谷間の蕾に鼻を埋め込んで嗅いだ。

汗の匂いに悩ましい微香が混じり、雄司は何度も深呼吸して嗅いでから舌を這わせ、震える襞を濡らしてヌルッと潜り込ませた。

「く……」

由佳が呻き、和式トイレスタイルだからなおさらキュッときつく肛門で舌先を締め付けてきた。

雄司が滑らかな粘膜を舐め回すと、鼻先に愛液が滴ってきた。

やがて前も後ろも存分に舐め、美少女の匂いを胸に刻みつけてから舌を引っ込めた。

「ね、今度は僕にして……」

言いながら押しやると、ようやく由佳も彼の上を移動し、大股開きになった真ん中に腹這い、顔を近づけてきた。

「こんなに大きなものが入ったのね……」

由佳は目を丸くしながら熱い視線をペニスに這わせ、生温かな息で囁いた。

「先にここ舐めて。嫌じゃなかったら……」

雄司は言い、自ら脚を浮かせて抱えた。

すると由佳も厭わず、両の親指でグイッと雄司の尻の谷間を広げ、チロチロと肛門を舐め回してくれた。

「あう……、気持ちいい……」

天使みたいな美少女に舐められ、雄司はうっとりと呻いた。

由佳も充分に唾液に濡らしてから、自分がされたようにヌルッと舌先を潜り込ませてきた。

「く……」

雄司は息を詰め、キュッキュッと肛門で美少女の舌を締め付けた。

内部で舌が蠢くと、内側から刺激されたようにヒクヒクとペニスが上下した。

さらに彼女は舌を抜いて陰嚢を舐め、睾丸を転がしながら熱い鼻息でペニスの裏側をくすぐった。

そして袋全体を唾液に濡らしてから、いよいよペニスの裏側を舐め上げ、先端に舌を這わせてくれたのだった。

5

「アア……、すごい……」

雄司は、由佳に尿道口を舐められて喘いだ。

股間を見ると、セーラー服の美少女が、まるでソフトクリームでも舐めるようにペニスを愛撫していた。

彼女も滲む粘液を舐め取ってから、張りつめた亀頭にしゃぶり付き、モグモグと呑み込んできた。

温かく濡れた口に深々と含まれ、雄司は中でヒクヒクと幹を震わせた。

「ンン……」

由佳も小さな口に精一杯頰張って熱く鼻を鳴らし、モグモグと口で締め付けて吸い、熱い鼻息で恥毛をそよがせた。舌もクチュクチュと蠢き、たちまちペニス全体が清らかな唾液にどっぷりと浸った。

「来て……」

すっかり高まった雄司は、彼女の手を引いて言った。

由佳もチュパッと口を引き離し、身を起こして前進してきた。そして彼の股間に跨がり、自分の唾液にまみれた先端に割れ目を押し当てた。

位置を定めると、由佳は息を詰めてゆっくり腰を沈み込ませた。

張りつめた亀頭が潜り込むと、あとはヌメリと重みに助けられ、ヌルヌルッと一気に根元まで受け入れてしまった。

「あう……」

由佳が顔を仰け反らせ、眉をひそめて呻き、キュッときつく締め付けてきた。

「大丈夫?」

雄司は、肉襞の摩擦と熱いほどの温もりに包まれながら言った。

「ええ、昨日ほど痛くないわ。奥が熱い……」

由佳はぺたりと座り込み、昨日とは違う何かを探るように締め付け、息づくような収縮を繰り返した。

雄司が手を伸ばし、セーラー服をたくし上げると可愛いオッパイが露わになっていった。

そのまま引き寄せて顔を起こし、潜り込むようにして薄桃色の乳首を含んだ。

舌で転がすと、顔中に柔らかな膨らみが押し付けられ、甘ったるい汗の匂いが感じられた。

雄司は左右の乳首を交互に含んで舐め回し、さらに乱れたセーラー服の中に潜り込み、汗ばんだ腋の下にも鼻を埋め、濃厚な体臭で胸を満たした。

やがて我慢できなくなって、ズンズンと小刻みに股間を突き上げはじめると、

「アア……」

由佳が喘ぎ、完全に身を重ねてきた。

「続けてもいい？」

「うん……」

囁くと由佳が健気に答えてくれ、彼も次第に突き上げをリズミカルにさせて摩擦を味わった。

そして下から唇を重ね、柔らかな感触と滑らかな舌を味わい、生温かな唾液をすすって喉を潤した。

「もっと唾を出してみて」

そう言うと、由佳も懸命に分泌させ、クチュッと垂らしてくれた。

さらに彼女の開いた口に鼻を押し込み、熱く湿り気ある果実臭の息を胸いっぱいに嗅いだ。

「いい匂い……」

「本当？　どんな匂い？」

「イチゴとリンゴを食べたあとみたいに、甘酸っぱくて可愛い匂い。もっと強く吐きかけて」

「恥ずかしいな。お昼のあと歯磨きしていないのに……」

由佳は言いながらも、彼に息を吐きかけて好きなだけ嗅がせてくれた。

雄司は唾液混じりの果実臭で鼻腔を刺激され、下からしがみつきながら、もう我慢できなくなって股間の突き上げを激しくさせてしまった。

「ああッ……」

「少しだけ我慢してね」

雄司は言いながら絶頂を迫らせていった。

「ね、顔にペッて唾を吐きかけて」

「どうして……」

言うと由佳が不思議そうに訊いてきた。

「天使の唾で清められたい……」

「私、普通の女の子なのよ」

「お願い、して」

せがむと由佳も愛らしい唇をすぼめ、白っぽく小泡の多い唾液を溜めてからペッと吐きかけてくれた。

生温かな粘液が鼻を濡らし、甘酸っぱい匂いとともに頬の丸みを伝い流れた。

「汚いわ。こんなことで本当に嬉しいの？」

「うん、もっと強く……」

「本当だわ、中でさっきよりも大きくなってきたみたい……」

由佳は言い、さらに強く吐きかけてくれた。

「アア、気持ちいい。顔じゅうヌルヌルにして……」

顔を引き寄せて言うと、由佳も彼の顔中に舌を這わせてくれた。舐めるというより、吐き出した唾液を舌で塗り付ける感じである。

「き、気持ちいい、いきそう……、ほっぺを嚙んで……」

図々しく要求するたび、由佳はすぐに彼の頬に開いた口を当て、綺麗な歯並びで軽くキュッキュッと噛んでくれた。

「ああ、いく……！」

甘美な快感に、とうとう雄司は口走り、大きな絶頂に貫かれてしまった。

同時に、熱い大量のザーメンがドクンドクンと勢いよくほとばしり、柔肉の奥深い部分を直撃した。

「あ、熱いわ……、出ているのね……」

噴出を感じたのか、由佳も声を洩らした。まだ自分の快感というほどではないが、彼が悦んでいるのが嬉しいようだ。

雄司は身悶えながら、心ゆくまでザーメンを出し尽くし、満足しながら徐々に突き上げを弱めていった。

「ああ、気持ちよかった……」

感謝を込めて言い、グッタリと力を抜くと、まだ収縮する膣内がペニスを刺激してきた。

「まだ動いてる……」

由佳が締め付けながら言い、彼女も力尽きたように遠慮なく雄司に体重を預けてきた。

　彼は美少女の重みと温もりを受け止め、甘酸っぱい息を間近に嗅ぎながら、うっとりと快感の余韻を味わった。

「ああ……、由佳ちゃん、大好き……」

「本当？　私も……」

　雄司が呼吸を整えて抱き締めながら言うと、由佳も嬉しげに答えた。昨日ほどの痛みもないようで、これを繰り返せば間もなく膣感覚のオルガスムスを得る日も遠いことではないだろうと思えた。

「顔じゅう唾でヌルヌルよ」

「うん、嬉しい……」

「匂わない？」

「うん、この匂いを感じながら帰るね」

「ダメよ、ちゃんと洗わないと」

　由佳が言い、そろそろと股間を引き離してゴロリと横になった。

　入れ替わりに雄司は身を起こし、ティッシュでペニスを拭ってから、由佳のスカートをめくり、割れ目を観察した。

「今日は出血していないみたいだよ」

「そう……」

言って優しく拭ってやると、由佳も小さく答え、されるままになっていた。

処理を終えると、昨日と違い由佳はすぐに起きてセーラー服を脱いだ。

雄司も身繕いをし、彼女は元の服に着替えた。

「また制服を着るなんて思ってもみなかったな……」

「また着てくれる？」

「いいけど、今の私もちゃんと見て」

「うん、もちろん」

雄司は答え、由佳もセーラー服をクローゼットにしまった。

「じゃ、帰るね」

「ええ」

言って部屋を出ると、由佳も階下まで来てくれた。そして玄関で、彼女がまた唇を求めてきた。

雄司も舌をからめ、美少女の唾液と吐息を味わい、またムクムクと回復しそうになりながら唇を離したのだった。

「じゃ、また明日ね」

彼は言って由佳の家を出た。そして歩きながら、次は誰とセックスできるのだろうかと思ってしまい、恋人になった由佳に済まないと思いつつ、より多くの女性に欲望を向けてしまうのだった。

第四章　蜜だくフェロモン

1

「いい？　打ち込みの練習をしたいのだけど」

沙也が道場に来て、雄司に言った。

今日は稽古日ではないが、彼女も大学柔道部の練習が休みらしく、一人で来ていたのである。

「はい」

雄司も一人で悶々としていたので、快く応じて稽古着に着替えた。相手は柔道部の猛者《もさ》だが、精悍な顔つきの美女でもある。

体重は、五十七から六十三キロの「女子六十三キロ級」クラスなので、ほぼ雄司と同じぐらいの体重だが筋肉の付き方と精悍さが段違いだ。

高校時代はインターハイに出たこともあるという実力者で、早紀を信奉しているらしい。

「じゃ、投げはしないから、少し抵抗するように身体を突っ張ってね」

礼を交わすと、沙也は言って彼の襟と袖を摑んだ。

そして背負い投げの打ち込みを開始した。打ち込みというのは、投げる寸前までの動作を十回二十回と何度も繰り返し行い、間合いや体さばきの練習をするものである。

雄司も、棒立ちになりながら上体を反らせ気味にして、彼女の打ち込み稽古を受けた。

髪が甘く匂い、それにさっきから一人で受け身の稽古をしていたため沙也の甘ったるい汗の匂いも濃厚に鼻腔を刺激してきた。

向かい合い、背を向けて身体を密着させ、雄司が爪先立つほど背負いの稽古を繰り返すと、時に甘酸っぱい吐息も感じられた。

しかも動くたびに胸元がはだけ、形よいオッパイとピンクの乳首まで覗けた。

沙也は一人だけの稽古なのでシャツを着ずに、ノーブラのまま柔道着を着ていたのだった。

おそらく下衣《かい》の中もノーパンであろう。背負い投げの動作で密着するたび、彼女の弾力ある尻が雄司の股間に押し付けられ、次第に彼はモヤモヤしてきてしまった。

「じゃ、今度は払い腰ね」

一通り背負い投げの打ち込みを終えて呼吸を整えると、沙也が言って技を切り替えた。

払い腰も腰を密着させ、脚の裏側で雄司の太腿を払う技だが、投げられはしないまでも彼は何度か両足が浮いてヒヤリとした。

甘ったるい汗の匂いはさらに濃くなり、彼女の悩ましい息も弾んできた。半身《はんみ》になるため、毎回技を掛けるたびにはだけた胸元の隙間から乳首がはっきり見えてしまった。

「じゃ、あとは内股を三十本やったら終わりね」

払い腰を終えた沙也が言い、内股の打ち込みにかかった。背負いの手技、払い腰の腰技、そして内股の足技で仕上げらしい。

内股は、彼女の太腿の裏側を彼の股間に当てて跳ね上げるものだが、もちろん巧みに急所の中心部は避けてくれていた。

やがて最後の一本。

「最後は投げて構いません」

雄司が言うと、沙也も遠慮なく仕上げとして本気で技を掛けてきた。

「うわ……！」

彼は宙に舞って声を洩らし、一回転して青畳に叩きつけられた。

受け身は取ったが、どうやら最後だけ勢い余って彼女の太腿が睾丸を蹴上げていたのだ。

雄司は苦悶して身体を縮めた。

「あ、ごめんなさい。女子相手だと気を遣わないのだけれど」

沙也も気づいて言い、彼の半身を起こして背後に回り、トントンと身体を上下させてくれた。

さすがに男子の急所も熟知しているようだ。

「じゃ部屋で休んでね」

沙也は言って前に回り、雄司を背負って立ち上がったのだ。

「い、いいです。自分で歩きますから……」

「いいのよ、これも稽古のうちだから」

沙也は言って道場を出ると、彼を背負ったまま階段を上がりはじめた。

雄司も彼女の背にしがみつき、狼カットの髪に顔を埋めて甘い匂いを嗅ぎながら素直に運んでもらった。

尻に股間が密着すると、もう睾丸の痛みなど吹き飛び、またムラムラと妖しい気分になってきてしまった。

部屋に運ぶと彼女は雄司をベッドに座らせ、白帯を解いて稽古着を脱がせた。

そして仰向けにさせ、紐を解いて下衣を引き脱がせ、たちまち彼は全裸にされてしまった。

「あ……」

「いいのよ、じっとしていて。見せてね」

沙也は彼の股を開かせ、股間を覗き込んできた。そして縮こまった陰嚢にそっと触れ、二つの睾丸を確認した。

「二つとも大丈夫、中に入ってないわね」

「ええ……、もう大丈夫です……」

雄司は言いながらも、精悍な美女に触れられているうちムクムクと勃起してきてしまった。

「まあ……」

「ご、ごめんなさい……」

親身になってくれているのに勃起し、叱られるかと思ったが、沙也は指を離さなかった。さらに汗ばんだ手のひらに袋全体を包み込み、指先でキュッキュッと付け根を揉んでくれた。

「勃つのなら、本当にもう大丈夫ね。でも、こんな男っぽい私に感じるの?」

「ええ……、だって、初めて触られたから……」

雄司は、また無垢を装って答えた。その方がいいことがありそうな予感がしたのである。

「そう、女として認めてくれるなら嬉しいけど……私としてみたい?」

「ええ、したいです」

言われて、雄司は勢い込むように答えた。

「久しぶりに、いいかな。高校時代からずっと彼氏がいたけど、もう別れて一年半だわ。柔道だけに夢中だったけど、急に教えたくなっちゃった」

沙也は言い、彼の股間から手を離すと、いったん身を起こして柔道着を脱ぎはじめた。下はノーブラ、下衣を脱ぐとやはりノーパンで、たちまち一糸まとわぬ姿になって添い寝してきた。

「急いでシャワー浴びたいのだけれど……」

「いいです。このままで」

「汗臭くても大丈夫？　それに私、もともと毛深いのに何もケアしていないのよ。来年引退したら、ちゃんとエステに通おうと思っているのだけれど」

沙也が言い、雄司は甘えるように腕枕してもらった。

さすがに肩や二の腕の筋肉は逞しく発達し、腹部も段々になるほど引き締まっている。

張りのあるオッパイはそれほど豊かではないが、乳首も乳輪も初々しいピンク色をしていた。

そして腋の下に鼻を埋め込むと、生ぬるくジットリ汗に湿った腋には、チクチクとまばらな腋毛が生えかけていて、新鮮な感触だった。

嗅ぐと、胸の奥が溶けてしまいそうに甘ったるい濃厚な汗の匂いが籠もって鼻腔を刺激してきた。

「いい匂い」

「あ……」

言いながらオッパイに手を這わせると、沙也がビクリと反応し小さく喘いだ。日々過酷な稽古をしているというのに、微妙なタッチの愛撫となると、新鮮に感じるのかも知れない。

雄司は充分に体臭を嗅いでから移動し、ピンクの乳首にチュッと吸い付いていった。

「ああ……、いい気持ち……」

沙也は、意外にもすぐに喘ぎはじめた。刺激に強いかと思っていたが、案外繊細な感覚を持っているようだ。

あまり積極的にすると童貞ではないと見破られるかも知れないが、雄司も彼女の反応に自信を持って愛撫した。

コリコリと硬くなった乳首を舌で転がし、張りのある膨らみを顔じゅうで感じながら、噎《む》せ返るような汗の匂いに酔いしれた。

もう片方の乳首も含んで舐め回し、汗に湿った肌を舐め降り、引き締まった腹へと下降していった。

浮かぶ腹筋の真ん中にある臍を舐め、張り詰めた下腹から腰、逞しく硬い太腿へと舌でたどると、沙也もすっかり身を投げ出し、稽古中とは違う感じで呼吸を弾ませていった。

雄司が脚を舐め降りると、脛にも体毛があり、何とも野趣溢れる感じで興奮が増した。頬ずりして舌を這わせ、やがて彼は足首まで行くと回り込み、足裏にも顔を押し付けていった。

2

「あう……、汚いでしょう……」

足裏を舐められ、沙也が小さく呻いて言ったが、拒みはしなかった。

雄司は指の間に鼻を押しつけて嗅いだ。汗と脂に湿ってムレムレの中に、ほんのり埃っぽい匂いも混じっていたが、爪先にしゃぶり付いて順々に指の股を舐め回した。

「アアッ……、ダメ……」

沙也がビクッと脚を震わせて喘いだが、彼は全て舐め尽くし、もう片方の足も貪って味と匂いを堪能した。

足指も太くしっかりしており、雄司は充分に味わってから脚の内側を舐め上げ、股間に顔を進めていった。

両膝の間に顔を割り込ませ、張りのある内腿を舐め、熱気の籠もる股間に迫った。恥毛は情熱的に濃く茂り、割れ目からはみ出す陰唇は蜜にヌメヌメと潤っていた。

指で陰唇を広げると、濡れた膣口が襞を震わせ、綺麗なピンクの柔肉にポツンと尿道口が見え、包皮の下から突き立ったクリトリスは親指の先ほどもある驚くほど大きなものだった。

あるいは生まれたとき、男の子と間違われたのではないかと思えるほどで、光沢あるそれは亀頭の形をしてツヤツヤと綺麗な光沢を放っていた。何やらこの大きなクリトリスが、沙也の力の源のように思えたものだ。

顔を埋め込み、茂みに鼻を擦りつけて嗅ぐと、甘ったるく蒸れた汗の匂いが濃厚に沁み付き、ほのかな残尿臭の刺激も入り交じっていた。

雄司は何度も胸いっぱいに嗅いで舌を這わせると、濡れた柔肉は汗の味に混じり、トロリとした淡い酸味のヌメリが満ちていた。

膣口の襞をクチュクチュ掻き回し、大きなクリトリスまで舐め上げていくと、

「アアッ……、気持ちいいッ……！」

沙也が身を反らせて喘ぎ、内腿でムッチリときつく雄司の両頬を挟み付けてきた。彼も執拗にクリトリスを舐め回し、まるでフェラチオでもするように含んで吸い付いた。

愛液の量が格段に増し、引き締まった下腹がヒクヒクと波打った。

さらに彼は沙也の脚を浮かせ、白く丸い尻の谷間にも迫った。

ピンクの蕾は、年中力んでいるからかレモンの先のように突き出た感じで、何とも艶めかしい形をしていた。

鼻を押しつけると汗の匂いに混じり、秘めやかな微香も感じられ、雄司は充分に嗅いでからチロチロと舌を這わせ、ヌルッと潜り込ませた。

「く……、嘘っ……」

沙也が息を詰めて呻き、キュッと肛門を締め付けてきた。やはり元彼はここを舐めないつまらない男だったようだ。

雄司は少しでも奥まで潜り込ませようと押し付け、滑らかな粘膜を味わった。

ようやく舌を引き離し、充分に肛門を舐め回してから、再び割れ目に戻り、大

洪水になっているヌメリをすすった。

「も、もういい……、今度は私が……」

絶頂を迫らせたように沙也が声を上ずらせて言い、身を起こしてきた。

雄司も入れ替わりに仰向けになり、身を投げ出した。

すると沙也は息を弾ませながら彼を見下ろし、肌を撫で回した。

「女の子のようにスベスベだわ。取り替えたいぐらい……」

彼女は言って屈み込み、彼の乳首にチュッと吸い付き、熱い息で肌をくすぐりながらチロチロと舐めてくれた。

唾液に濡れた部分に息がかかるとひんやりして心地よく、雄司もすっかり受け身体勢になってヒクヒクと反応した。

「噛んで……」

言うと沙也も頑丈そうな前歯でキュッと乳首を噛み、コリコリと小刻みに動かしてくれた。粗暴そうに見えるが、愛撫は実に繊細で、強引な力を入れるようなこともなかった。

「ああ……、もっと強く……」

雄司が悶えながら言うと、沙也もやや力を込めて左右の乳首を噛んでくれた。

やがて沙也は肌を舐め降り、大股開きにさせた彼の股間に腹這い、顔を寄せてきた。そして自分がされたように雄司の脚を浮かせて、チロチロと肛門を舐めてくれたのだ。

「あう……！」

ヌルッと舌先が潜り込むと、雄司は妖しい快感に呻きながら肛門でキュッと締め付けた。

沙也も熱い鼻息で陰嚢をくすぐりながら舌を蠢かせてくれ、肛門を引き締めるたびペニスがヒクヒクと上下した。

ようやく舌を離して脚を下ろし、彼女はそのまま陰嚢を舐め回し、睾丸を転がしてくれた。温かな息が睾丸に当たり、たちまち袋全体が美女の生温かな唾液にまみれた。

沙也は舌先で、ゆっくりとペニスの裏側を舐め上げ、先端まで来ると尿道口から滲む粘液を舐め取り、張りつめた亀頭にしゃぶり付いてきた。

舌をからめ、丸く開いた口でスッポリと根元まで呑み込むと、先端が喉の奥にヌルッと触れた。

「ンン……」

沙也は熱く鼻を鳴らし、息で恥毛をくすぐりながら幹を締め付けて吸い、クチュクチュと舌を蠢かせて唾液にまみれさせた。

「ああ……、気持ちいい……」

雄司は快感に喘ぎ、美女の口の中でヒクヒクと幹を震わせた。

思わずズンズンと股間を突き上げると、沙也も顔を上下させ、濡れた口でスポスポと強烈な摩擦を繰り返してくれた。

「い、いきそう……、入れたい……」

雄司が絶頂を迫らせて降参するように言うと、沙也もスポンと口を引き離し、身を起こしてきた。

「私が上でいい?」

彼女は言い、雄司が頷くとすぐにもペニスに跨がってきた。

唾液に濡れた先端に割れ目を押し付け、やがてゆっくりと腰を沈めて膣口に受け入れていった。

たちまち屹立したペニスはヌルヌルッと滑らかな肉襞の摩擦を受け、根元まで呑み込まれた。雄司は暴発を堪えて奥歯を噛み締め、やがて沙也も完全に座り込んで股間を密着させてきた。

「アア……、いい気持ち……」

久々のセックスに沙也もすっかり快感を高め、顔を仰け反らせて喘いだ。

中は熱いほどの温もりに満ち、彼自身はキュッときつく締め付けられた。

沙也は彼の胸に両手を突っ張り、暫しグリグリと股間を動かしていたが、やがてゆっくりと身を重ねてきた。

雄司も両手を回して抱き留め、僅かに両膝を立てて逞しい美女の感触と温もりを味わった。

「すぐいくと勿体ないから、なるべく動かずこのままでいましょう」

沙也が言い、上からピッタリと唇を重ねてきた。

舌が潜り込むと雄司も受け入れてからみつけ、滑らかに蠢く感触と生温かな唾液を味わった。

「ンン……」

沙也は次第に夢中になって息を弾ませ、顔を右に左に交差させながら唇を擦りつけた。実に情熱的なディープキスで、雄司も野性味ある美女の唾液と吐息に酔いしれた。

密着が緩むと、雄司は沙也の口に鼻を押しつけて熱い息を嗅いだ。甘酸っぱい果実臭が淡く鼻腔を刺激してきた。

「匂いが薄い……」

「ああ、格闘するときはなるべく匂いを消すのがマナーだから」

雄司が言うと、沙也が顔を寄せて答えた。

「じゃあ唾を飲ませて……」

言うと、沙也も興奮を高めてキュッキュッと膣内を収縮させながら、懸命に唾液を分泌させてクチュッと吐き出してくれた。

雄司も生温かく小泡の多い粘液を舌に受けて味わい、うっとりと喉を潤した。

「ね、思い切り顔に吐きかけて、恐い顔で睨んで」

「そんなことされたいの？」

せがむと、沙也も眼差しを鋭くさせて彼を睨み下ろし、唇に唾液を溜めてペッと強く吐きかけてくれた。

甘酸っぱい息とともに、生温かな唾液の固まりがピチャッと鼻筋を濡らして頬を流れた。

「本当、中で悦んでいるわ」

沙也は膨張して震えるペニスを締め付けながら言い、続けて何度か吐きかけてくれ、さらに舌を這わせて彼の顔をヌルヌルにまみれさせてくれた。

「ああ……、いきそう……」

雄司はしがみつきながらズンズンと股間を突き上げ、絶頂を迫らせた。

すると沙也も腰を遣い、大量に溢れる愛液で動きを滑らかにさせ、クチュクチュと卑猥に湿った摩擦音を響かせはじめていった。

3

「アア……、いい気持ち……、可愛いわ。滅茶苦茶にしてやりたい……」

沙也もすっかり快感を高め、声を上ずらせて口走った。雄司の胴をまたぐ形で馬乗りになり、そのまま胸をくっつけている——まさに縦四方固めに似たマウントポジションで、完全に雄司を組み伏せていた。

膣内の収縮も高まり、擦りつけるような腰の動きと摩擦運動も激しくなっていった。

「い、いく……！」

とうとう雄司は降参するように口走り、そのまま昇り詰めてしまった。

大きな快感とともに、ありったけの熱いザーメンがドクンドクンと勢いよく内部にほとばしった。

「ああーッ……！」

噴出を受けた途端、沙也もオルガスムスに達して声を上げ、ガクンガクンと狂おしい痙攣を開始した。

雄司は身動きできない状態で股間だけ突き上げ、美女の凄まじい絶頂に圧倒されながら快感を嚙み締めた。そして心置きなく最後の一滴まで出し尽くすと、満足しながら動きを弱めていった。

まだ膣内は貪欲にペニスを締め付け、沙也は最後の最後まで快感を貪るように股間を擦りつけた。

やがて雄司がグッタリとなると、ようやく沙也も筋肉の緊張を解き、満足げにグッタリともたれかかってきた。

「ああ……、気持ちよかったわ……、セックスって、こんなにいいものだったのね……」

沙也が言い、炎のように熱い呼吸を繰り返し、名残惜しげにキュッキュッと締め付けてきた。

「やっぱり、どこもかしこも舐めてもらったのがよかったみたい……。あんなに舐めてもらったの初めてよ……」

沙也が息を弾ませながら囁き、ヒクヒクと断末魔のように震えるペニスをきつく締め上げてきた。

雄司も彼女の重みと温もりを受け止め、甘酸っぱい息を間近に嗅ぎながら、うっとりと快感の余韻を嚙み締めた。

やがて呼吸を整えると、沙也は股間を引き離して身を起こした。

「シャワー借りるわよ。一緒に行く?」

「ええ……」

彼女がベッドを下りて言うと、雄司も答えて立ち上がった。階段を下りてバスルームに入り、互いにシャワーの湯で全身を洗い流した。

すると沙也が立ち上がり、壁に寄りかかって股を開いた。

「もう一度いきたいわ。舐めてくれる?」

彼女が言い、自ら割れ目を指で開き、包皮を剝いて大きなクリトリスをクリッと露出させた。まるで皮を剝いて、弟に果実でも食べさせるようだった。

「ベッドでなくていいんですか」

「立ったまま、大学のシャワー室で手早く済ませることがあるの」

訊くと、沙也が答えた。どうやら立ったまま、クリトリスへの刺激でオルガスムスに達することに慣れているようだ。

雄司も、座ったまま彼女の股間に顔を寄せた。

「オシッコ出して下さい……」

「してほしいの？　いいわ……」

沙也は意外にあっさりと答え、彼の頭に手をかけて股間に押し付けた。さっきのオルガスムスがまだくすぶり、すぐにも高まりそうな勢いだった。

雄司は小さなペニスのようなクリトリスを含み、舌先でチロチロ舐めながら吸い付いた。

「アア……、いい気持ち……、もっと強く吸って。噛んでもいいわ……」

沙也がすぐにも声を上ずらせて喘ぎ、彼の鼻と口に割れ目をギュッと強く押し付けてきた。

新たな愛液が溢れ、内腿を伝い流れはじめた。

湯に濡れた茂みの濃い体臭は薄れてしまったが、雄司は勃起したクリトリスの舌触りと愛液のヌメリに興奮した。

そして強く吸い付き、軽く前歯で挟みながら刺激してやった。

「あうう、いいわ、もっと強く……」

沙也が彼の頭を両手で押さえつけ、さらに股間をグイグイと押しつけてきた。

雄司もキュッキュッと小刻みに嚙み、執拗に舌を這わせて吸った。

「い、いく……、漏れちゃう……、アアッ……!」

たちまち沙也はオルガスムスに達し、口走ると同時にチョロチョロとオシッコが漏れてきた。

雄司は口に受けて飲み込み、淡い匂いと味わいに酔いしれた。

沙也もガクガクと膝を震わせ、肌を強ばらせて快感を嚙み締めながら、全て出し切ってくれた。

雄司も必死に喉に流し込みながらクリトリスを吸うと、

「も、もういいわ……」

沙也が息を詰めて言うなり、力尽きたように壁を伝ってずるずると座り込んできた。

「私にも飲ませて……」

すると沙也は、息も絶えだえになりながら言い、彼の股間を抱き寄せてきた。

雄司も身を起こし、座り込んでいる彼女の口に回復しているペニスを押し込んでいった。

「ンン……」

沙也は喉の奥まで呑み込み、熱い息を弾ませながら舌をからめ、強く吸い付いてきた。

雄司も急激に高まり、彼女の頭に両手をかけ、腰を前後させながらクチュクチュと摩擦した。何やら口とセックスしているようで、沙也も歯を当てないよう口をすぼめ、大量の唾液を分泌させてくれた。

立ったままというのも新鮮な刺激で、たちまち雄司は絶頂を迫らせて動きを速めた。

喉の奥を遠慮なく突くたび、生温かな唾液が溢れて陰嚢まで濡らした。

「い、いく……！」

雄司はあっという間に昇り詰め、絶頂の快感に膝を震わせながら熱いザーメンを噴出させた。

「ク……」

喉の奥を直撃され、沙也が噎せそうになって呻きながらも、懸命に舌の蠢きと吸引で、心地よい摩擦を続行してくれた。

雄司も小刻みに摩擦しながら最後の一滴まで絞り尽くし、ようやく満足しながら引き抜いて椅子に座った。

「二度目なのに、すごい量だわ……」

沙也は口の周りを唾液とザーメンでヌルヌルにしながらも、口に飛び込んだ分をゴクリと飲み干して言った。

そんな淫らな様子を、雄司は荒い呼吸を繰り返し、うっとりと余韻に浸りながら眺めていた。

そして二人でもう一度、全身を洗い流して口をすすいだ。

「すっきりしたわね。またしましょう」

「ええ、お願いします」

沙也が、本当に晴れ晴れとした顔つきで言い、二人で身体を拭いた。

どうも彼女にとってはセックスも、スポーツの一種のような爽《さわ》やかさがあるようだ。

それでも行為自体は充分に淫靡で、雄司はこうしたタイプの女性ともまた手合わせして欲しいと思うのだった。

やがて身繕いをすると、沙也は帰ってゆき、雄司も二階に戻ったのだった。

4

「今日、いいかしら……」

講義を終えたあと、教室を出た雄司を追って綾香が言った。

「はい、約束通り匂いの濃い状態でいらっしゃるのなら」

雄司が言うと、綾香は小さく頷いて俯いた。

「じゃ改札で待ってますね」

「駅で？」

「ええ、家だと誰か来るといけないので、ホテルへ入ってみたいんです」

最寄り駅の裏にはラブホテル街がある。雄司が声を潜めて囁くと、

「分かったわ……」

綾香も周囲を気にしながら、か細い声で答えた。

やがて雄司は一人で大学を出ると、真っ直ぐ駅へと行った。

誰か知人に行き合わないよう隅の方で待っていると、間もなく綾香も緊張気味

はない。

の表情でやって来た。

頷きかけ、一緒に無言で駅裏へと行った。まだ昼間で明るいが、あまり人通りはない。

「ラブホに入ったことは？」

「前の彼氏と何度か……」

「そうですか、僕は初めてなんです。じゃここにしましょうか」

手近なホテルに誘って入ると、綾香も急いで従ってきた。

ロビーで空室のパネルを適当に選び、フロントでキイをもらってエレベーターに乗った。

羞恥と緊張のせいか、綾香はずっと俯いて無言だった。それでも甘ったるい匂いだけは、はっきり漂ってきた。どうにも欲求が我慢できず、自分から雄司に声をかけたのだから、相当に高まっているのだろう。

やがて部屋に入り、内側からロックすると、そこは淫靡な密室となった。道場に誰か来る心配もないし、いきなり母屋から春美が来る恐れもなかった。

雄司は、初めて入ったラブホテルの室内を見回した。

ダブルベッドにソファとテレビ、冷蔵庫などがある。

「じゃ、僕はシャワーを浴びて歯を磨いてきますので、綾香先生は何もせずここで待っててください。あ、先に脱いでベッドに入っていてもいいですよ」

雄司は事務的な口調で言い置き、バスルームに入った。

脱衣所で全裸になり、歯を磨きながらシャワーの湯で全身を流し、ボディソープで腋や股間を手早く洗い、放尿まで済ませた。

そして五分足らずで身体を拭きながら部屋に戻った。

すると部屋は暗くなり、綾香はベッドに潜り込んでいた。もちろんソファには脱いだものがあった。

暗すぎるので、枕元のパネルでやや明るくさせ、冷たいものを飲もうと冷蔵庫を空けた。すると、それは冷蔵庫ではなく性具の自販機で、興味を覚えた雄司は財布を出し、ピンクローターを買った。

そして隣の冷蔵庫から烏龍茶を出して飲み、期待に激しく勃起したペニスを震わせ、ベッドへと行った。

メガネが外して枕元に置いてあり、布団をめくると、一糸まとわぬ綾香が身を縮めていた。

雄司も添い寝し、例によって甘えるように腕枕してもらった。

腋の下に鼻を埋め込んで嗅ぐと、確かに、先日よりも甘ったるい汗の匂いが濃く沁み付いていた。

「いい匂い。濃くて嬉しい」

「アアッ……」

嗅ぎながら言うと、綾香が激しい羞恥に声を洩らした。

雄司も胸いっぱいに期待通りの濃厚な体臭を嗅いでから、彼女の首筋を舐めて這い上がっていった。

「ここも嗅がせて」

彼は言って綾香の顎を押さえ、僅かに開いた口に鼻を押し込んだ。吸い込むと熱く湿り気ある甘い花粉臭の息が、悩ましく鼻腔を刺激してきた。

「わあ、こんなに綺麗な先生が、口からこんな匂いをさせている」

「い、いや……、お願い、口をすすがせて……」

「ううん、このままでいい。綺麗な先生の顔とこの匂いを一生記憶に残すから」

雄司は言って執拗に嗅ぎ、そのまま唇を重ねて舌を差し入れた。

「ンンッ……」

綾香は眉をひそめて呻き、否応なく息を弾ませながら舌をからめた。

雄司は滑らかに蠢く舌を舐め、生温かくトロリとした唾液をすすった。そしてオッパイを揉みしだき、綾香が苦しげに口を離すと、もう一度胸いっぱいに吐息を嗅いでから、彼は移動して乳首に吸い付いていった。

顔中を柔らかな膨らみに押し付けて舌で乳首を転がし、コリコリと前歯で刺激すると、

「あうう……、もっと……」

もう綾香は我を忘れて喘ぎ、クネクネと悶えはじめた。

雄司は彼女を仰向けにさせ、のしかかりながら左右の乳首を交互に含んで舐め回し、時に腋の下にも鼻を押しつけて濃厚な体臭で胸を満たした。

そして白く滑らかな肌を舐め降り、臍を舌先でくすぐってから張り詰めた下腹に顔を押し付け、心地よい弾力を味わい、腰骨からムッチリした太腿へとたどっていった。

脚を舐め降り、足首を摑んで浮かせ、足裏に顔を押し付けながら踵から土踏まずを舐め、縮こまった指の間に鼻を割り込ませて嗅いだ。

「ダ、ダメ……！」

綾香が腰を浮かせて悶え、懸命に避けようとした。

それだけ指の股は汗と脂にジットリ湿り、ムレムレの匂いが濃厚に沁み付いていたのだ。

「わあ、すごく匂います」

「い、言わないで……」

言葉による羞恥だけで、綾香は朦朧となったように声を震わせた。

雄司は充分に美女の足の匂いを貪ってから爪先をしゃぶり、全ての指の間にヌルッと舌を挿し入れていった。

「あう……！」

綾香はビクッと脚を震わせ、彼の口の中で指先を縮めた。

彼はもう片方の足も味と匂いをしゃぶり尽くし、やがて大股開きにさせて脚の内側を舐め上げていった。

張りのある内腿に歯を立てると、

「アアッ……、もっと強く……」

綾香はすっかり快感を高めてせがみ、クネクネと腰をよじらせ、股間から熱気と湿り気を揺らめかせた。

中心部に目を凝らすと、そこはもう愛液が大洪水になり、内腿にも淫らに糸を引いていた。指で陰唇を広げると、膣口の襞にも白っぽく濁った粘液がまつわりつき、真珠色の光沢を放つクリトリスも、包皮を押し上げるようにツンと突き立っていた。

「オマ××舐めてって言って」

「オ……、オマ××舐めて……、アアッ……！」

股間から言うと、綾香もためらいなく口走り、自分の言葉に激しく喘いだ。

雄司も顔を埋め込み、柔らかな茂みに鼻を擦りつけ、隅々に籠もって蒸れた汗とオシッコの匂いを吸い込んだ。

「ここもすごく匂って嬉しい」

「ああッ……！」

嗅ぎながら言うと、綾香がキュッと内腿で彼の顔を挟み付けて喘いだ。

舌を這わせると、淡い酸味のヌメリが泉のように湧き出して動きを滑らかにさせた。

雄司は息づく膣口の襞からクリトリスを舐め、脚を浮かせて尻の谷間にも鼻を埋め込んで嗅いだ。

約束を守ってくれたおかげで、蕾にも生々しい匂いが籠もり、嗅ぐたびに悩ま

しい刺激が鼻腔を満たし、彼女の肌が羞恥に震えた。舌を這わせて襞を濡らし、ヌルッと潜り込ませて粘膜を味わうと、

「あう……、ダメ……」

綾香がキュッと肛門で舌を締め付けて呻いた。

雄司は充分に舌を蠢かせて味わい、ようやく引き抜いて割れ目のヌメリを舐め取り、クリトリスに吸い付いた。

「アアッ……、い、いきそう……」

綾香が声を上ずらせ、暗に入れてほしいとせがんできた。

雄司は身を起こし、買ったピンクローターを箱から出し、唾液に濡れた肛門にゆっくり押し込んでいった。

「く……、何するの……」

「力を抜いて」

言いながら指で押すと、楕円形のローターはズブズブと中に入って見えなくなり、あとはコードが伸びているだけとなった。

そして電池ボックスのスイッチを入れると、中からブーン……と、くぐもった振動音が聞こえてきた。

「ああ……、いや……」

綾香は妖しい感覚に声を震わせたが、割れ目からの愛液はさらに増してきた。

雄司は股間を進め、そのまま先端を割れ目に擦りつけ、亀頭にヌメリを与えてからゆっくり挿入していった。

ペニスはたちまちヌルヌルッと滑らかに根元まで没したが、直腸内に異物があるから締まりは倍加していた。しかも間のお肉を通して、ローターの振動がペニスの裏側にも伝わってきた。

「あうう……、すごい……」

綾香は前も後ろも塞がれ、呻きながらきつくペニスを締め付けてきた。

雄司は身を重ね、彼女の肩に腕を回して肌を密着させた。

彼女も両手を回してしがみつき、待ちきれないようにズンズンと股間を突き上げてきた。

腰を突き動かすと、大量の愛液ですぐにも動きが滑らかになり、振動音に混じってクチュクチュと湿った摩擦音も聞こえてきた。

雄司は激しく腰を動かして快感を高め、上から唇を重ねて舌をからめ、美女の唾液と吐息に酔いしれた。

するとたちまちオルガスムスに達してしまったようだ。

キュッキュッと激しく膣内を収縮させながら、まるでブリッジするように彼を乗せたまま腰を跳ね上げはじめたのだった。

5

「い、いく……、気持ちいい……、ああーッ……！」

綾香が声を上ずらせて喘ぎ、彼の背に爪まで立てて乱れに乱れた。溢れる愛液も潮を噴くように互いの股間をビショビショにさせ、シーツにまでシミを広げていった。

たちまち雄司も絶頂に達し、大きな快感に全身を貫かれた。

「く……！」

声を洩らし、ありったけの熱いザーメンをドクンドクンと勢いよく内部にほとばしらせて快感を噛み締めた。

「アア……、感じる……」

噴出を受け止め、綾香は駄目押しの快感を得たように口走った。

雄司は綾香の濃い吐息を嗅ぎながら、心ゆくまで出し切り、徐々に動きを弱めていった。

彼女もいつしか力尽きて、失神したように強ばりを解き、グッタリと身を投げ出していた。

雄司は身を起こし、そろそろと股間を引き離した。

ティッシュでペニスを拭い、スイッチを切ってコードを握り、ゆっくり引っ張った。すぼまった肛門が丸く押し広がり、ローターが顔を覗かせた。

「あうう……」

排泄に似た感覚があるのか、綾香が呻き、モグモグと蕾を収縮させた。

やがてローターが完全に姿を現し、ツルッと抜け落ちた。一瞬開いて粘膜を覗かせた肛門も、すぐにつぼまって元の可憐な形に戻っていった。

ローターの表面は僅かに曇り、微香を付着させていた。

「ね、嗅いでみて」

「あッ……！」

ローターを鼻先に突きつけて言うと、綾香は自分の匂いに声を上げ、サッと顔を背けた。

「こんな匂いのするところをいっぱい舐めちゃった」

「い、意地悪……、お風呂に行かせて……」

言うと綾香は泣きそうになりながら、懸命に身を起こそうとした。シーツは、粗相したようにシミが広がり、雄司も彼女を支えてベッドから下ろしてバスルームへと連れて行った。

力なく椅子に座った彼女にシャワーの湯を浴びせ、ようやく彼女もほっとしたように生気を取り戻しはじめたようだ。

「お尻、痛くない？」

「ええ……、でもまだ何か入っているみたい……」

綾香は答え、座りにくそうにモジモジとした。

「ね、また飲ませて」

雄司は言って床に座り、目の前に彼女を立たせた。

「アア……、出るかしら……」

「自分で割れ目を開いて、飲みなさい、って言って」

「ああッ……、そんなこと……」

腰を抱き寄せて言うと、綾香も自ら指で陰唇を広げ、柔肉を丸見えにさせた。

そしてヒクヒクと内部を震わせながら力み、ようやく尿意が高まってきたようだった。

「の、飲みなさい……」

息を詰めて小さく言うなり、割れ目内部からポタポタと黄金色の雫が滴り、すぐにもチョロチョロとした一条の流れになっていった。

雄司も割れ目に口を付けて受け入れ、淡い味と匂いを堪能しながら喉に流し込んでいった。

「ああ……、変な気持ち……」

ゆるゆると放尿しながら綾香が言い、それでも流れは長く続かず終わってしまった。

雄司は余りの雫を舐め取り、新たに溢れてきたヌメリをすすった。

「も、もうダメ……」

綾香がガクガクと膝を震わせて言い、彼の顔を突き放した。

二人はもう一度全身を洗い流し、身体を拭いて再びベッドに戻った。

「今度は僕にして……」

雄司は仰向けになり、股を開いて言った。

綾香もためらいなく彼の股間に腹這い、顔を寄せてきた。

彼はまず両脚を浮かせて抱え、尻を突き出した。綾香が舌を伸ばし、チロチロと肛門を舐め回し、ヌルッと潜り込ませてくれた。

「ああ……」

受け身に転じ、雄司は快感に喘ぎながら、肛門でモグモグと美女の舌先を締め付けて味わった。

脚を下ろすと、彼女も舌を引き離し、そのまま陰嚢を舐め上げ、二つの睾丸を転がしてくれた。そして誘うように幹をヒクヒク上下させると、綾香もペニスの裏筋を舐め上げてきた。

滑らかな舌がゆっくりと裏側を這い上がり、先端まで来ると、幹を指で支え、尿道口から滲む粘液を舐め取り、スッポリと喉の奥まで呑み込んでいった。

雄司は、美女の温かく濡れた口腔に根元まで納まり、うっとりと快感を噛み締めた。

綾香も熱い鼻息で恥毛をくすぐり、口を丸く締め付けて吸い、内部でクチュクチュと舌を蠢かせてきた。

たちまちペニスは清らかな唾液にまみれ、最大限に回復していった。

「ね、先生。飲んでくれる？　それとも、女上位で入れたい？」

雄司は、彼女に決めさせることにした。

「入れたいわ。いい……？」

するとと綾香がチュパッと口を引き離し、顔を上げて答えた。今日はもう帰るばかりだし、ラブホテルということで開放的になっているのか、心ゆくまで快楽を得たいようだった。

「ええ、じゃ跨いで」

彼女もすぐに身を起こし、唾液にまみれたペニスに跨がってきた。

先端を膣口に受け入れ、ゆっくり腰を沈めると、ペニスはヌルヌルッと滑らかに根元まで呑み込まれていった。

「アアッ……、いい……！」

綾香が顔を仰け反らせて喘ぎ、キュッときつく締め付けてきた。

さっきあれほど大きなオルガスムスを得たというのに、とことん貪欲な性欲を持っているのだろう。あるいは、さっきは肛門に異物があったので、今度は純粋にペニスだけ感じたいのかも知れない。

完全に座り込むと、彼女は密着した股間をグリグリ擦りつけてから身を重ねてきた。

雄司も温もりと感触を味わいながら抱き留め、僅かに両膝を立てた。

「ね、メガネをかけて。いつもの顔を見たい」

「ええ、私もはっきり君の顔を見つめたいわ……」

言うと、綾香は枕元のメガネをかけて、彼を見下ろしてきた。

「いっぱい唾を垂らして」

雄司がせがむと、綾香も興奮と快楽を高め、すぐにも形良い唇をすぼめ、白っぽく小泡の多い唾液を溜めてトロトロと吐き出してくれた。

舌に受けて味わい、うっとりと飲み込んだ。

「美味しいでしょ、って言って」

「あ、味なんかないでしょう。でも美味しいの？」

「うん。今度は息を吐きかけて、いい匂いでしょ、って言って」

「アア……、そんな、恥ずかしいこと……」

綾香の膣内が、キュッキュッと収縮を活発にさせてきた。

雄司が顔を引き寄せ、口に鼻を押し込むと、彼女も恐る恐る熱く湿り気ある息を何度も吐きかけてくれた。甘い花粉臭に混じった諸々の刺激が、悩ましく鼻腔を満たしてきた。

「言って……」

「い、いい匂いのわけないわ。本当に嫌じゃないの？」

「うん、綺麗な先生の息だから、すごくいい匂いに感じる。もっと」

「お、おかしな子ね。いい匂いでしょ？　アアッ……！」

熱い息を吐き出しながら、とうとう綾香も本格的に喘ぎ、腰を遣いはじめた。

雄司も美女のかぐわしい吐息で胸を満たしながら、ズンズンと激しく股間を突き上げていった。

「ああ、すごい……、すぐいきそう……」

綾香が動きを激しくさせ、大量の愛液をトロトロと漏らしながら身悶えた。

「顔じゅうに唾をかけてヌルヌルにして……」

雄司が興奮と快感を高めて言うと、綾香もペッと勢いよく吐きかけ、そのまま彼の顔じゅうに舌を這わせてくれた。

「ああ、気持ちいい……」

雄司は肉襞の摩擦と、美女の唾液と吐息の匂いに高まって口走った。

「いいわ、いって、いっぱい出して……、アアーッ……！」

綾香もオルガスムスに達して喘ぎ、同時に雄司も昇り詰めてしまった。熱いザーメンをドクドクと勢いよく注入すると、

「あう……、熱い……！」

綾香は噴出を感じて呻き、そのままガクガクと狂おしい痙攣を繰り返したのだった……。

第五章　何度目かの初体験

1

「あ、由佳は高校時代のお友達と出かけてしまったわ。今日はお誕生会で遅くなるみたい」

雄司が由佳の家に本を返しに行くと、母親が出てきて言った。百合子《ゆりこ》という名で、あとで聞くと学生結婚だったらしく、まだ三十八歳。

「そうですか。僕、大学で同い年の吉村雄司です。では、借りていた本を渡しておいてください」

雄司は、自分の母親よりずっと若く美しい百合子に見惚れ、顔を熱くしながら本を差し出した。色白で、観音様のように豊満。胸も実に豊かで、ほんのり甘い匂いが感じられた。

由佳に借りていたのは固い文学書だから、親に渡しても大丈夫だろう。

「もしかして、早紀先生の道場に住んでいる方?」

「そうです」

「そう、よく由佳から聞いています。よかったらお茶でもいかが?」

百合子が笑顔で言ってくれ、雄司も熱心に誘われるまま、結局上がり込んでしまった。

買い物から帰ったばかりらしく、百合子は彼をリビングのソファに座らせ、湯を沸かしながら買ってきたものを冷蔵庫に入れていた。

白いブラウスの胸がはち切れそうで、春美よりも爆乳だ。スカートのお尻も実に豊満で、冷蔵庫に屈むたび、うっすらと艶めかしいパンティラインが透けて見えた。

「由佳とはお付き合いしているの?」

「い、いえ……、まだ文芸サークルの友達で……」

「そう、由佳の方は好きみたいよ。積極的にアタックしないと」

紅茶の仕度をしながら百合子が言う。

してみると、由佳も詳しいことは話していないようだし、百合子も娘が処女を失ったことに気づいていないようだった。

やがて紅茶を二つ淹《い》れ、百合子が運んで向かいに座ってきた。

アップにした黒髪と、整った目鼻立ち。そして爆乳と、スカートからこぼれる丸い膝小僧が眩しかった。

「ええ、積極的にしないといけないのですけど、彼女を持った経験がなくて」

雄司は、また無垢を装いながら熱い紅茶をすすった。

「そう、私は由佳の歳には、もううちの人と知り合っていたから、かなり進んでいたわ。じゃ、まだ童貞？」

百合子が、正面から彼を見つめ、ストレートに訊いてきた。

由佳が濡れやすく快感に目覚めやすかったのも、この母親の血を引いているからではないかと思うと、ムクムクと股間が変化してきてしまった。

「は、はい……」

「そう、由佳も処女だと思うけど、無垢同士だと戸惑うかも知れないわね。風俗とかで覚えようとはしなかったの？」

「そ、そんな気持ちはないです。願望はあるけれど、仕送りもギリギリなので」

「じゃ、知っておきたい気持ちはあるのね」

百合子は、次第に熱っぽい眼差しになって言った。

「あ、あるけれど、誰に教わっていいのかも分からないし……」

「もしも、私が教えると言ったら、嫌？」

言われて、雄司はドキリとした。

こんなに早い展開があるのだろうかと思ったが、考えてみれば今までも何人かの女性とこうなってきたのだ。あるいは年上を、そんな気持ちにさせる星の下に生まれたのかも知れない。

「い、嫌じゃないです……。是非お願いしたいですけれど、でも、いいんですか……？」

「ええ、私も実は主人しか知らないし、十代で出会ったときは彼も体験者だったから、何も知らない子に興味があるの。もちろん由佳には絶対に内緒にして欲しいわ。たとえあなた方が結婚するようなことになっても」

「も、もちろんです……。僕の方こそ、由佳ちゃんには内緒にしてもらわないと困りますので……」

雄司は激しく勃起しながら思った。一体、これで何度目の初体験になるのだろうか。

「いいわ、じゃ来て」

百合子が言い、立ち上がって奥の部屋に向かった。雄司も慌てて立ち上がり、従うと彼女は夫婦の寝室に入った。

ベッドが二つ並んでいるが、カバーの掛けられたセミロングは出張中の夫のもので、百合子は隣のシングルだろう。室内に籠もる甘い匂いも、彼女の体臭だろうと思った。

「じゃ、急いでシャワー浴びてくるので、脱いで待っていてね」

「あ、どうか、今のままの方が……」

彼女が言うので、雄司は慌てて引き留めた。

「え？　どうして？　そんなに待てないの？」

「いえ、そうじゃなくて、女性のナマの匂いを知りたいというのが、長年の憧れだったので……」

彼は思いきって言ってしまった。させてくれるだけでも御の字なのだが、どうせなら匂いを味わいたいのである。

「まあ、ずっと外出していたから汗をかいているのよ」

「そ、それでお願いします……」

「そう……、本当にそれでいいのなら」

百合子も淫気が高まっていたか、すぐに応じてくれた。

「じゃ脱いで」

由利子は言ってカーテンを引き、それでも適度に見える程度に明るいまま、自分もブラウスのボタンを外しはじめた。

雄司はシャツとズボンを脱ぎ、手早く靴下と下着も脱ぎ去って、美熟女の甘い体臭の沁み付いたベッドに潜り込んだ。

百合子も気が急くようにスカートを脱ぎ、ブラとパンスト、ショーツを脱ぎ去って、たちまち一糸まとわぬ姿になって振り返った。そして白い巨乳を揺らして布団をはぎ、滑り込むように添い寝してきた。

「ああ、ドキドキしてきたわ。こんな気持ちになったの初めてよ……」

百合子が囁き、雄司も甘えるように彼女の腕をくぐり、腕枕してもらった。

「まあ、甘えたいの？」

彼女は言い、雄司が頷くと優しく髪を撫でて胸に抱いてくれた。

目の前には、今まで見た中で最も大きなオッパイが息づき、まるで巨大プリンのようにふるふると揺れていた。

やや大きめの乳輪と乳首は桜色で、腋からは生ぬるく甘ったるい汗の匂いが漂っていた。

「いい匂い……」

雄司はスベスベの腋に鼻を埋めて言い、ジットリと汗ばんだ匂いで鼻腔を満たした。

「まあ、本当に嫌じゃないのね……」

百合子は言い、彼の手を握ってオッパイに導いた。そして手を重ねて動かし、雄司も柔らかな感触と乳首のコリコリを味わった。

彼は充分に腋の下の匂いを嗅いでから顔を移動させ、色づいた乳首にチュッと吸い付き、もう片方を揉んだ。

「ああ……、いい気持ち……」

百合子が熱く喘ぎながら、また彼の手を握り、自分の股間へと導いた。

指で柔らかな茂みを探り、割れ目に沿って下ろしていくとヌルッとした潤いに触れた。

「濡れているでしょう？　入れていいのよ」

百合子が言い、雄司は驚いた。乳首を吸って少し割れ目をいじるだけで挿入を求めてきたのだ。

かなり年上だという百合子の夫は、そんな淡泊な行為しかしていなかったのだろうか。

「ま、まだ、入れる前に見たり舐めたりしてみたい……」

「まあ……、そんなことしなくていいのよ。すぐ入れると思って、シャワーも浴びなかったのだから……」

「でもお願い。見てみたい」

雄司はせがみ、のしかかってもう片方の乳首も含んで舐め回した。

「ああ……、じゃ、いいわ、好きにしても……。でも、本当に嫌だったらよすのよ……」

百合子も乳首への刺激で、次第にうねうねと悶えはじめていった。

雄司は両の乳首を交互に吸い、白く滑らかな肌を舐め降り、臍をくすぐってから張りのある下腹に降りていった。

そして膝で股を開かせ、その真ん中に腹這いながら股間に顔を寄せていった。

本当なら、いつものように爪先までしゃぶりたいのだが、ここは早く割れ目を味わい、朦朧とさせてからの方がよいと判断した。

艶のある恥毛は、濃くも薄くもなく、ふっくらした股間の丘に実に程よい範囲で色っぽく茂っていた。

割れ目からはみ出した陰唇は淡紅色に色づき、内から溢れる蜜にヌメヌメと潤い、熱気と湿り気が顔を包み込んできた。

2

「もっと大きく開いて」

「アア……、恥ずかしいわ……」

雄司が両膝を左右全開にさせて言うと、百合子も声を上ずらせながら大股開きになっていった。

指で陰唇を広げると、中は蜜に潤うピンクの柔肉。襞の入り組む膣口は、十八年前に由佳が産まれ出てきた穴だ。

ポツンとした尿道口の小穴もはっきり確認でき、包皮の下からは真珠色のクリトリスがツンと突き立っていた。

「み、見ないで……、もう分かったでしょう……」

百合子が彼の熱い視線と息を感じ、ヒクヒクと白い下腹を波打たせて言った。

もちろん見るだけで終わるわけがない。そのまま彼はギュッと顔を埋め込み、もがく腰を抱え込んだ。

柔らかな茂みに鼻を擦りつけて嗅ぐと、全体には腋の下に似た甘ったるい汗の匂いが生ぬるく籠もり、下の方に行くにつれ残尿臭の刺激が悩ましく入り混じっていた。

「とってもいい匂い」

何度も嗅ぎながら言って舌を這わせると、

「う、嘘よ。アアッ……！」

百合子がビクッと顔を仰け反らせて喘ぎ、量感ある内腿でムッチリと彼の両頬を挟み付けてきた。

トロリとした淡い酸味の愛液を舐め取り、膣口からクリトリスまで舌を這わせると、百合子が反り返ったまま硬直して息を詰めた。

そのままチロチロと小刻みに舌先で刺激すると、

「ああ……、ダメ……、感じすぎるわ……」

百合子が腰を浮かせ、ヒクヒクと小刻みに痙攣した。

雄司は美女の味と匂いを充分に貪ってから、さらに彼女の脚を浮かせ、逆ハート型の豊満な尻に迫った。

谷間の蕾は綺麗なピンクで、細かな襞がキュッと引き締まった。鼻を埋めて嗅ぐと、やはり汗の匂いに混じって悩ましい微香が籠もり、心地よく鼻腔をくすぐってきた。

舌を這わせて襞を濡らし、ヌルッと潜り込ませて粘膜を味わうと、

「あう……、ダメよ、そんなところ……」

百合子が驚いたように呻き、キュッと肛門で舌先を締め付けてきた。

雄司は舌を蠢かせ、充分に味わってから脚を下ろし、再び割れ目に戻って愛液をすすり、クリトリスに吸い付いた。

そして唾液に濡れた肛門に左手の人差し指をヌルッと浅く潜り込ませ、右手の二本の指を膣口に押し込み、クリトリスを舐めながら前後の穴の内壁を小刻みに擦った。

「アアッ……！」

敏感な三カ所を同時に責められ、百合子が彼の指を締め付けながら喘いだ。

雄司もそれぞれの穴で指を蠢かせ、舌先で弾くようにクリトリスを刺激してはチュッと強く吸った。

「い、いっちゃう……、ああーッ……！」

百合子が声を上げ、ガクガクと腰を跳ね上げながら、あっという間にオルガスムスに達してしまった。自分から無垢な少年を誘うほど淫気が溜まっていたが、受け身のテクニックに関してはそれほど慣れておらず、すぐにも絶頂を迎えてしまったのだろう。

やがて百合子が熟れ肌の強ばりを解き、グッタリと身を投げ出すと、雄司も舌を引っ込め、それぞれの穴からヌルリと指を引き抜いた。

肛門に入っていた指は汚れの付着もなかったが、膣内に入っていた二本の指の間は膜が張るほど愛液にまみれ、ヌメリは攪拌されて白っぽく濁っていた。指の腹は湯上がりのようにふやけてシワになり、百合子はヒクヒクと痙攣しながら荒い呼吸を繰り返していた。

雄司は、その間にムッチリした脚を舐め降り、足裏にも舌を這わせ、指の股に鼻を割り込ませて蒸れた匂いを貪った。

「く……」

指の間に舌を挿し入れると、百合子は朦朧としながらもビクリと脚を震わせて呻いた。

彼は両足とも全ての指の股を味わい、ようやく堪能して再び添い寝し、また腕枕してもらった。

熱い呼吸の洩れる唇に鼻を押しつけて嗅ぐと、湿り気ある息は春美に似て白粉のような甘い刺激を含み、悩ましく鼻腔をくすぐってきた。それに渇いた唾液の香りも交じり、そのまま唇を重ねて舌を挿し入れた。

「ンン……」

百合子が小さく呻き、次第にチロチロと舌をからめはじめてくれた。

雄司は滑らかな舌の感触と、生温かな唾液のヌメリを味わい、美熟女の息の匂いにうっとりと酔いしれた。

やがて彼は百合子の手を握り、勃起したペニスに導くと、彼女もやんわりと手のひらに包み込み、ニギニギと動かしてくれた。

「ああ……」

ようやく唇を離し、徐々に彼女も我に返ったようだった。

「いけない子ね……。あんまり気持ちがよくて、わけが分からなくなってしまったわ……」

百合子が甘い息で囁き、なおもペニスを愛撫してくれた。

「こんなに大きくなって……、今度は私が好きにするわよ……」

彼女は言いながら身を起こし、雄司も仰向けになって身を投げ出した。

百合子は彼の股間に腹這って顔を寄せ、若いペニスをしみじみと見つめた。

「何て綺麗な色……若いのね」

彼女はピンクの亀頭を撫でて言い、舌を伸ばして尿道口の粘液を舐め取ってくれた。

「アア……」

雄司は快感に喘ぎ、ヒクヒクと幹を震わせて反応した。

百合子も慈しむように舌を這わせ、指先で陰嚢をくすぐりながら、パクッと亀頭を含んできた。

熱い鼻息が恥毛に籠もり、彼女は上気した頬をすぼめて吸い付き、内部でチロチロと舌をからませた。そしていったん口を離すと、裏筋を舐め降りて陰嚢をしゃぶり、睾丸を転がしてきた。

「気持ちいい？」

「ええ、とっても……」

「でもお口に出さないでね」

百合子が釘を刺し、陰嚢を舐め尽くしてから再びペニスを舐め上げ、今度は喉の奥まで深々と呑み込んでいった。

「ああ……、いい気持ち……」

雄司は唾液にまみれた幹を震わせ、舌に翻弄されて喘いだ。

百合子はたまにチラと目を上げて彼の反応を見ながら吸い、クチュクチュと舌をからめた。

「いきそう？」

やがて彼女がスポンと口を引き離して訊いた。

「ええ……」

「じゃ、入れるからなるべく我慢してね」

彼女は言って身を起こし、ペニスに跨がってきた。やはり舌と指でいくより、童貞を奪って果てたいのだろう。

先端を膣口に受け入れ、息を詰めてゆっくり腰を沈めてきた。

「アア……！」

ヌルヌルッと根元まで受け入れると、百合子は完全に股間を密着させて座り込み、顔を仰け反らせて喘いだ。

雄司も、由佳が出てきた穴に深々と呑み込まれ、キュッと締め付けられて暴発を堪えた。じっとしていても温かく濡れた肉襞の摩擦と収縮が何とも心地よく、彼は激しく高まった。

百合子の方も、上体を起こしていられず、すぐ身を重ねてきた。

そして柔らかく弾む巨乳を彼の胸に押し付けて擦り、腰を突き動かしはじめていった。

雄司も両手でしがみつき、合わせて股間を突き上げると、溢れる愛液で動きが滑らかになり、互いの動きが一致していくにつれ股間がビショビショになった。

「ああ……、いきそう……」

百合子が熱く甘い息で喘ぎ、雄司も下から唇を求め、舌をからめて突き上げを強めていった。

「ンン……、い、いく……、ああーッ……！」

たちまち百合子が口を離し、熱く喘ぎながらガクガクと狂おしい絶頂の痙攣を起こした。

雄司も続いてオルガスムスに達し、大きな快感に包まれながら、ありったけの熱いザーメンを勢いよくほとばしらせてしまった。

「あう……、もっと出して……！」

噴出を感じ、百合子が駄目押しの快感を得たように言い、雄司も心置きなく最後の一滴まで出し尽くしていった。

「アア、気持ちよかったわ……」

百合子はすっかり満足したように言い、熟れ肌の硬直を解いてグッタリと彼に体重を預けてきた。

雄司も力を抜き、まだ収縮する膣内でヒクヒクと幹を震わせ、甘い息を嗅ぎながら余韻を味わったのだった。

3

「まあ、さすがに若いのね。もう大きくなっている……」

バスルームで、百合子がムクムクと回復してきたペニスを洗ってくれながら言った。

「一度じゃ足りないのね」

「ええ……」

「でも、もう一回したら夕食の仕度が出来なくなっちゃうわ」

「あの、指でしてください。でも、その前にこうして……」

雄司はすっかり元の硬さと大きさを取り戻して言い、彼女を目の前に立たせ、例のものを求めてしまった。

「どうするの？」

「ここに足を乗せて、オシッコをしてるところ見せてください」

雄司は彼女の片方の足をバスタブのふちに乗せさせ、開いた股間に顔を寄せて言った。

「まあ、どうして……」

「綺麗な女性でも、ちゃんと出すものなのかどうか知りたくて」

「出すに決まっているでしょう……」

「でも、目の前で出るところを見たいんです」

「顔にかかってもいいの……？」

百合子も、まだ快感の余韻と興奮がくすぶり、好奇心に目をキラキラさせて言った。

雄司は割れ目に舌を這わせ、すっかり薄れてしまった体臭を貪りながら、新たに溢れた愛液をすすった。

「アア……、吸うと出そうよ。離れて……」

百合子は息を詰めて言いながらも、身体を支えるため雄司の頭に両手を乗せてきた。

「あ……、いい？　出ちゃう……」

やがて彼女が声を震わせて言うなり、温かな流れがほとばしってきた。

雄司は口に受け、淡い味わいと匂いを堪能しながら喉に流し込んだ。

「あう……、飲んだらダメよ……」

百合子が呻いて言い、ガクガク膝を震わせながらも次第に勢いを付けて放尿してくれた。

口から溢れた分が胸から腹を温かく伝い流れ、回復したペニスを温かく浸してきた。生ぬるい匂いも悩ましく鼻腔を刺激し、彼は何度か喉を鳴らして味わい尽くした。

流れが治まると、雄司は余りの雫をすすり、割れ目内部を舐め回した。

「アア……、もうダメ、変になりそうよ……」

百合子が言って足を下ろし、クタクタと座り込んできた。

雄司は豊満な熟れ肌を抱き留め、もう一度互いにシャワーを浴びてから身体を拭いた。そして興奮にフラつく彼女を支えながら、全裸のままベッドに戻ったのだった。

「何だか、今までしたことないことを、ずいぶん経験してしまったわ……」

「ごめんなさい。してみたいことがいっぱいあって……」

添い寝して、また腕枕してもらいながら雄司は言った。

「私もすごく刺激的だったけど、由佳には普通のことしかしないとダメよ」

「ええ……」

性に進歩的な百合子は、ノーマルが条件だが彼と娘のセックスを奨励しているようだった。

すでにしているのだがそれを隠して雄司は答え、勃起したペニスを百合子のムッチリした太腿に擦り付けた。

「指でいいのね？　こう？」

百合子は言い、やんわりとペニスを握って動かしてくれた。

「強くない？」

「ええ、いい気持ち……。ね、指でしながらキスしてください……」

せがむと、百合子もペニスを揉みながら顔を上げ、上からピッタリと唇を重ね舌を挿し入れてくれた。

雄司は舌をからめ、彼女の手の中で幹をヒクヒクさせると、百合子も愛撫の動きを強めてくれた。

「唾を飲ませて、いっぱい……」

囁くと、百合子も懸命に分泌させ、トロトロと注ぎ込んでくれた。

雄司は生温かな粘液を味わい、心地よく喉を潤し、さらに彼女の口に鼻を押し込んだ。

「息を嗅ぎたい。強く吐きかけて……」

言うと百合子は羞じらいながらも、熱く湿り気ある息を吐き出してくれた。

雄司は美女の甘い口の匂いを胸いっぱいに吸い込み、悩ましい白粉臭の刺激に酔いしれた。

「いきそう……、お口に出したらダメ……？」

「いいわ。いっぱい気持ちよくしてくれたのだから。じゃお口でいきなさい」

せがむと百合子も快諾してくれ、すぐに顔を移動させていった。

「跨いで……」

割れ目を見上げながら果てたいので言うと、百合子も彼の顔に跨がり、女上位のシックスナインの体勢になり、スッポリとペニスを含んでくれた。

「ンン……」

百合子は喉の奥まで呑み込み、熱く鼻を鳴らし、息を股間に籠もらせた。

そして唇で幹を丸く締め付けて吸い付き、チロチロと執拗に舌をからめ、顔を上下させてスポスポと摩擦してくれた。

「ああ……」

雄司は快感に喘いで割れ目を見上げ、自分からもズンズンと股間を突き上げながら高まっていった。

百合子の吸引と舌の蠢きは実に巧みだった。

あまり百合子に愛撫したことがないのに、亭主は、フェラだけは充分に仕込むような自分本位の男なのだろう。

そして若いペニスをしゃぶりながら百合子も興奮を高めているのか、彼の目の前で柔肉を蠢かせ、新たな愛液をトロトロと漏らしてきた。

雄司も豊満な腰を抱き寄せ、熟れた果肉に舌を這わせ、淡い酸味の蜜をすすってクリトリスを舐めた。

「ク……」

しゃぶりながら百合子が息を詰め、彼の目の上にある肛門をヒクヒクと収縮させた。

しかし、あまり舐めるとフェラに集中出来ないだろう。雄司は適当なところで舌を引き離し、割れ目の蠢きを眺めるだけにして、快感に集中した。

そして摩擦されるうち、とうとう彼は昇り詰めてしまった。

「い、いく……！」

突き上がる大きな快感に口走り、熱い大量のザーメンをドクンドクンと勢いよくほとばしらせ、彼女の喉の奥を直撃した。

「ンン……」

噴出を受け止めた百合子が呻き、なおも彼はズンズンと股間を突き上げ、濡れた唇の摩擦の中で最後の一滴まで出し尽くしてしまった。

「ああ……」

満足して声を洩らし、彼がグッタリと身を投げ出すと、百合子は亀頭を含んだまま口に溜まったザーメンを一息に飲み干してくれた。

「く……」

嚥下とともに口腔がキュッと締まり、駄目押しの快感に雄司は呻いた。

全て飲み込んだ百合子はチュパッと口を引き離し、なおも指で幹をしごきながら、尿道口に滲む余りの雫まで丁寧に舐め取ってくれた。

「も、もういいです、ありがとうございました……」

雄司は過敏にヒクヒクと亀頭を震わせて言い、ようやく彼女も舌を引っ込めてくれた。

「二度目なのに、濃いのがいっぱい出たわ……」

百合子は言い、淫らに舌なめずりしながら向き直った。

雄司は力を抜き、荒い呼吸を繰り返しながら余韻を味わったのだった。

4

「ね、今日はダメ？」

雄司は、研究室に残っていた綾香に言った。

講義も終わり、文芸サークルの連中もみんな帰ったところで、たまたま雄司と綾香が二人きりになったのだった。

もう誰も来ることはないし、あとは戸締まりして帰るだけだ。

「ダメよ。生理になってしまったの」

「構わないですよ。ちゃんと舐めます」

「ダメ、私が嫌なの」

綾香は素っ気なく言って帰り支度をしたが、淫気と被虐欲が湧き上がってきたのかモジモジしていた。

「じゃ、急いで手で済ませますから、キスだけしてください」

「ここで……？」

言うと綾香は答え、思わず周囲を見回した。ここは教室の奥にある私室のような狭いところで、ソファもあるし戯れには格好の場所だった。しかも神聖な学舎という禁断の思いもある。

「ええ、でもお口でしてくれたら嬉しいし、舐めていい場所だけでも、服の隙間から出してください」

雄司が言い、彼女の手を引いて一緒にソファに座った。

「あ……、困ったわ。少しだけよ……」

綾香は、甘い匂いを揺らめかせて答えた。

「じゃ、オッパイだけでも……」

言いながらブラウスのボタンを外すと、綾香は途中から自分で外して胸元を寛《くつろ》げ、ブラをずらしてピンクの乳首をはみ出させてくれた。

雄司も激しく勃起しながら吸い付き、顔を柔らかな膨らみに埋め込みながら舌で転がした。

「アア……、も、もういいでしょう……、誰か来るといけないから……」

綾香は言い、自分が夢中になってしまわないように必死に自制し、少し吸わせただけで乳首をしまってしまった。そしてブラウスのボタンも元に戻したが、荒い呼吸は治まらなかった。

「じゃ、足舐めさせて」

雄司が言うと、綾香もすっかりフラフラと操られるように立ち上がり、タイトスカートの裾をまくってパンストを脱いでくれた。

薄皮を剝くように白くムッチリしたナマ脚が現れ、再びソファに座って素足を投げ出してきた。

雄司は彼女の足首を摑んで浮かせ、足裏を舐め、指の間に鼻を割り込ませて嗅いだ。

「アア……、匂うでしょう……?」

「ええ、ムレムレの酸っぱい匂いがします」

「あうう……、お願い、もう止めて……」

綾香は羞恥に息を震わせ、雄司も充分に汗と脂に湿って蒸れた匂いを嗅ぎ、爪先をしゃぶった。

そして全ての指の股を味わい、もう片方の足も味と匂いを貪った。

ようやく気が済んで口を離すと、綾香は足を引っ込め、ハアハアと荒い呼吸を繰り返した。

「ね、お尻なら舐めても構わないでしょう。ここに乗って」

雄司は、ソファの前にあるテーブルを指して言った。

「絶対に割れ目はダメよ。それに、下着の内側も見ないで」

「分かりました」

すっかり興奮を高めた綾香がテーブルに乗って四つん這いになり、彼の方に白く丸い尻を向けて裾をめくり、ショーツを太腿まで下げてくれた。

何という艶めかしい眺めだろう。

日頃サークルで皆が意見を言い合う公の場所で、学生の憧れの美人講師がお尻を突き出してくれたのだ。

雄司は顔を寄せ、両の親指でムッチリと双丘を広げ、キュッとすぼまったピンクの蕾に鼻を埋めた。

汗の匂いに混じり、秘めやかな微香が籠もり、彼は充分に嗅いでから舌先でチロチロと蕾を舐めた。そして唾液に濡らしてヌルッと潜り込ませ、滑らかな粘膜も味わった。

「アアッ……！」

綾香は熱く喘ぎ、お尻をクネクネさせながら肛門で彼の舌を締め付けた。

雄司も舌を出し入れさせるように動かし、自分もズボンと下着を膝まで下ろしてペニスを露出させた。

「も、もういいでしょう。それ以上は堪忍……」

綾香は懸命に自分を保ち、刺激から逃れた。

そして急いで隠すように下着を上げ、裾を下ろした。

「待って、せめてパンストを穿く前に、素足でこうして……」

雄司はソファに浅く腰掛けたまま言い、彼女を目の前のテーブルに座らせ、両足の裏でペニスを挟んでもらった。

綾香も、スラリとした脚を菱形に開き、ペニスを両足の裏に挟み付けてキリ揉みにするように動かしてくれた。

「アア、いい気持ち……」

雄司は、美女の足裏に挟まれて喘いだ。

すると彼女が足を離して目の前に跪《ひざまず》き、勃起したペニスにしゃぶり付いてくれたのだ。

先端を舐め回して尿道口の粘液をすすり、張りつめた亀頭を含んで吸い、さらに幹を舐め降りて陰嚢もしゃぶってくれた。

清楚なメガネ美女が、研究室でペニスを貪る様子に高まり、雄司はすぐにも絶頂を迫らせてしまった。

生理中で、クンニや挿入を拒まれると、逆に出来ることを工夫するのが楽しいぐらいであった。

「待って、こうして……」

雄司は言い、彼女の顔を上げさせて唇を求めた。

綾香も身を起こし、のしかかるようにして舌をからめ、トロリとした唾液を注いでくれた。

雄司は美女の舌を舐め、生温かな唾液をすすりながら、今度は彼女の両手でペニスをキリ揉みしてもらった。

「お口を開いて」

言い、雄司は開いた綾香の口に鼻を押し込んで湿り気ある息を嗅いだ。

「いい匂い……」

雄司は言いながら執拗に吸い込み、花粉臭の甘い刺激に高まった。

「アア……」

綾香も興奮と羞恥に熱く喘ぎ、ペニスを両手で摩擦しながら彼の鼻の穴をヌラヌラと舐めてくれた。

雄司は、美女の唾液と吐息の匂いに高まり、彼女の手の中でヒクヒクと幹を震わせた。

「い、いく……、お口でして……」

昇り詰めながら忙しげに言うと、綾香もすぐに口を離してペニスに顔を寄せてきた。

するとと、第一撃のザーメンが勢いよく飛び散って彼女のメガネを汚した。

「あん……」

綾香は言いながらも噴出を続けている亀頭を含み、余りを吸い出してくれた。

「ああ……、気持ちいい……」

雄司は心置きなく射精しながら喘ぎ、残りを綾香の口の中にほとばしらせた。

片方のレンズが白濁の粘液に濡れ、滴った雫が涙のように綾香の頬をトロリと伝い流れた。

「ンン……」

綾香も熱く鼻を鳴らしながら吸い出し、その都度コクンと喉を鳴らして飲み込んでくれた。

やがて雄司が全て出し切ると、綾香もチュパッと軽やかな音を立てて口を離して幹をしごき、尿道口から滲む余りの雫まで、全て舐め取って綺麗にしてくれたのだった。

「ああ……、ありがとう、綾香先生……」

雄司は言い、荒い呼吸を弾ませながら余韻を噛み締めた。

綾香も顔を上げるとメガネを外してティッシュで拭き、やがてパンストも穿いて身繕いをした。

「生理が済んだら、今度はうんと感じさせて……」

綾香は髪の乱れと口紅を直し、すっかり高まった興奮を懸命に押さえながら言った。

「ええ、もちろんです。済んだら報せてくださいね」

雄司は答え、自分も立ち上がって下着とズボンを整えたのだった。

5

「これ、持ってきたわ」

夕方、春美が勝手口から総菜を持ってきてくれて雄司に言った。

彼女がおかずを持ってきてくれるとは、赤ん坊が寝付いて淫気が高まったということだろう。

「ありがとうございます。二階に来ますか」

雄司が言って階段を上がると、春美も小走りに従ってきた。そして部屋に入ると、もう心が通じたように二人で黙々と服を脱いだ。

たちまち雄司は全裸になってベッドに横たわり、春美も一糸まとわぬ姿になって添い寝してきた。

「悦ぶと思って、今日は一回もシャワー浴びてないのよ」

「わあ、嬉しいです」

雄司は言い、彼女の巨乳にむしゃぶりついていった。言った通り、熟れ肌からは甘ったるく濃厚な汗の匂いが生ぬるく漂っていた。

乳首を吸うと、今日も薄甘い母乳が滲み出てきた。

「ああ、いい気持ち。いっぱい飲んでね……」

春美も膨らみを揉みしだき、分泌を活発にさせて囁いた。

雄司は生ぬるい母乳で舌を濡らし、飲み込みながらもう片方を探った。

顔中を豊かな膨らみに押し付けると、今日もたっぷり母乳が溜まっているように張りがあった。

彼が吸っている間、春美は髪を撫でてくれ、膝頭で勃起を確かめるようにペニスに触れてきた。

雄司は充分に喉を潤してから、もう片方の乳首を含み、すでに滲んでいる雫を舐めながら吸い出した。

「ああ……、もっと飲んで……」

春美もうっとりと喘ぎ、うねうねと熟れ肌を悶えさせた。

やがて張りが和らいでくると、雄司も乳首から口を離し、彼女の腋の下に鼻を押しつけて濃厚な体臭を嗅いだ。

そして滑らかな肌を舐め降り、臍から腰、太腿から脚に舌を這わせ、指の股に鼻を割り込ませて嗅いだ。そこは蒸れた匂いが濃く沁み付き、雄司は鼻腔を刺激されながら爪先をしゃぶった。

両足とも貪り尽くすと、仰向けの春美がせがむように股を開いてきた。

雄司も腹這いになって顔を進め、まずは彼女の腰を浮かせ、白く豊かなお尻の谷間に鼻を埋め込んだ。

ピンクの蕾に籠もる秘めやかな匂いを嗅ぎ、舌先で襞を濡らしてヌルッと押し込み、粘膜を味わった。

「あう……、くすぐったいわ……」

春美が呻き、キュッキュッと肛門で舌先を締め付けてきた。

雄司は充分に舌を蠢かせてから脚を下ろし、そのまま愛液の溢れた割れ目を舐め上げていった。

息づく膣口の襞を掻き回すと、淡い酸味のヌメリが動きを滑らかにさせ、クリトリスに吸い付くと、

「アアッ……、いい……！」

春美が声を上ずらせて喘ぎ、キュッと内腿で彼の両頬を挟み付けてきた。

茂みに鼻を擦りつけて嗅ぐと、汗とオシッコの混じった匂いが悩ましく鼻腔を刺激してきた。

雄司は美熟女の匂いで胸を満たし、執拗にクリトリスを舐め回した。

「ま、待って、すぐいきそうよ。今度は私が……」

春美が息も絶えだえになって言い、懸命に身を起こしてきた。雄司も素直に股間から離れて仰向けになると、彼女は足の方に座った。

彼の足首を摑んで浮かせ、足裏を巨乳に押し付けてきた。

「ああ……、気持ちいい……」

足裏にコリコリと乳首を感じ、柔らかな膨らみを踏むような感覚に雄司は喘いだ。神聖なオッパイを踏むのは、申し訳ないような快感である。

春美は彼の両脚を巨乳に押し付けて動かし、さらに腹這いになってペニスに

迫ってきた。

巨乳の谷間でペニスを揉み、乳首を摘んで母乳に濡らし、さらに彼の脚を浮かせ、肛門にまで濡れた乳首を擦りつけてきた。

柔らかな膨らみと乳首を前と後ろに感じ、雄司は夢のような快感に悶えた。

ようやく春美は胸を引き離し、彼の肛門を舐め、ヌルッと舌を潜り込ませた。

「く……」

雄司は肛門を締め付けて呻き、陰嚢に熱い息を感じた。

春美は充分に舌を蠢かせてから引き抜き、陰嚢にしゃぶり付いて二つの睾丸を転がした。

袋全体は母乳と唾液に生温かくまみれ、やがて彼女はペニスの裏側を舐め上げてきた。

先端まで来ると指で幹を支え、舌先でチロチロと尿道口を舐めて滲む粘液を拭い取り、そのままスッポリと喉の奥まで呑み込んだ。

「アア……」

雄司は温かく濡れた美女の口の中に根元まで含まれ、舌に翻弄されて喘ぎ、唾液にまみれた幹をヒクヒク震わせた。

「ンン……」

春美も熱く鼻を鳴らし、息で恥毛をそよがせながら幹を締め付けて吸い、クチュクチュと執拗に舌をからめてきた。さらに顔全体を上下させ、スポスポと強烈な摩擦も繰り返してくれた。

「い、いきそう……、入れたい……」

雄司がすっかり高まって言うと、春美もスポンと口を引き離し、身を起こしてきた。

ためらいなく彼の股間に跨がり、唾液に濡れた先端に割れ目を擦りつけ、位置を定めてゆっくり腰を沈み込ませていった。たちまち屹立したペニスは、ヌルヌルッと滑らかな肉襞の摩擦を受けて根元まで没した。

「アア……、奥まで感じるわ……」

春美が顔を仰け反らせて喘ぎ、巨乳を弾ませながらグリグリと密着した股間を擦りつけてきた。

彼も熱く濡れた肉壷に締め付けられ、中でヒクヒクとペニスが歓喜に震えた。

やがて春美が身を重ね、両の乳首をつまみ、雄司の顔に生ぬるい母乳を降りかけてきた。

しかし、さっきだいぶ吸ったので、もうあまり出なくなっていた。

「顔中唾で濡らして……」

言うと、春美も形よい唇をすぼめてクチュッと唾液を吐き出し、彼の鼻筋を濡らしてから舌を這わせてくれた。

甘い吐息が鼻腔を刺激し、母乳と唾液の匂いも混じり合って悩ましく胸に沁み込んできた。

春美は彼の鼻の穴から頬や口までヌラヌラと舐め回しながら、徐々に腰を遣いはじめた。雄司も両手でしがみつきながらズンズンと股間を突き上げ、互いに快感を高めていった。

「ああ……、いきそうよ……」

春美も声を上ずらせて言い、次第に腰の動きを激しくさせていった。

粗相したように大量の愛液が溢れ、律動が滑らかになってピチャクチャと卑猥に湿った摩擦音も響いた。

仰向けの雄司の胸には巨乳が強く擦りつけられて弾み、滲んだ母乳が肌を濡らした。汗ばんだ肌も密着し、恥毛が擦れ合い、コリコリする恥骨の膨らみも伝わってきた。

膣内の収縮も高まり、断続的にペニスの付け根がキュッと締め付けられた。

「い、いく……、アアッ……！」

とうとう先に雄司が絶頂に達し、大きな快感に貫かれながら喘いだ。同時にありったけの熱いザーメンがドクドクと勢いよく内部にほとばしり、奥深い部分を直撃した。

「き、気持ちいいッ……、ああーッ……！」

噴出を感じてオルガスムスのスイッチが入ったか、春美も声を上ずらせ、ガクンガクンと狂おしい痙攣を開始した。

膣内の収縮も最高潮になり、ザーメンを絞り尽くして飲み込むようにキュッキュッときつく締まった。

「す、すごい……」

春美は何度も何度も絶頂の波が押し寄せるように口走り、熟れ肌をヒクヒクと波打たせて悶えた。

雄司も摩擦快感に包まれながら、心置きなく最後の一滴まで出し尽くした。

すっかり満足しながら徐々に突き上げを弱め、力を抜いていくと、

「ああ……」

春美も満足げに声を洩らし、力尽きたように肌の強ばりを解きながらグッタリと彼にもたれかかってきた。

雄司は美女の重みと温もりを受け止め、まだ名残惜しげに収縮を繰り返す膣内でペニスを過敏にピクンと跳ね上げた。

「あう……、もう暴れないで……」

春美が感じすぎるように言い、きつく締め上げてきた。

雄司は彼女の喘ぐ口に鼻を押し込み、熱く湿り気ある甘い息を胸いっぱいに嗅ぎ、うっとりと快感の余韻に浸り込んでいった。

「前よりよかったわ。なぜだかするたびに、気持ちよくなっていくみたい……」

春美が息も絶えだえになりながら言い、彼の耳元で荒い呼吸を繰り返した。

そしてそろそろと股間を引き離し、ゴロリと添い寝して、また優しく腕枕してくれた。

雄司も呼吸を整えながら乳首を吸い、まだ滲んでくる母乳を舐めた。

「私、こんなにエッチが好きなタイプじゃなかったのに、なぜかそそるのよ。他の人にもされちゃった？　早紀とか」

「いいえ……」

早紀どころか、知り合った女性の全てと体験してしまったのだが、もちろん雄司は否定した。

「そう、でも誘われたらどんどんするといいわ。いろいろな女性とすれば、誰とでも最高に上手なエッチが出来るようになるから」

「はい……」

春美は言い、しかし彼女の夫はどう思うのだろうと雄司は思った。

第六章　二人で愛撫を

1

「少し二階で休んでいってもいいかしら？」

護身術の稽古を終えると早紀が言い、もちろん雄司は頷いた。しかし、まだ残っていた由佳も一緒に上がってきたのである。

他は、沙也が来ていただけだが、彼女は着替えて帰っていった。綾香は、体調がよくないとかで休んでいる。

雄司は、道場の戸締まりをして二階に上がると、稽古着姿の早紀と、ジャージの由佳が汗を拭いていた。僅かの間にも、室内には二人の女性の甘ったるい体臭が濃厚に立ち籠めていた。

「ね、脱いでベッドに寝て」

「え……？」

早紀が言い、自分も稽古着を脱ぎはじめ、驚いたことに由佳までジャージを脱いでいったのだ。

「昨日、私は由佳とレズごっこしてしまったの。そして君と体験したことを聞いたのよ」

早紀が言い、みるみる引き締まった肉体を露わにし、由佳もモジモジと一糸まとわぬ姿になっていった。

「レ、レズごっこ……」

雄司は呆然とした。まさかこんなことになるとは。そういえば由佳は颯爽とした早紀に熱い憧れを寄せ、早紀もまた可憐な由佳を可愛がっていた。そして女同士で戯れ、雄司との関係を告白し合ったのだろう。

「だから、今日は三人でしてみたいの。早く脱いで」

急かすように言われて、雄司も柔道着を脱ぎ去り、全裸になった。そしてベッドに仰向けになると、やはり全裸になった二人が左右から見下ろしてきた。

意外な展開に戸惑いがちだったペニスも、二人の熱い視線を受けてムクムクと勃起していった。

「さあ、まず二人で可愛がりましょう」

早紀が言い、由佳と一緒に彼を左右から挟んで屈み込んできた。

そして彼の両の乳首に、それぞれ同時にチュッと吸い付いてきたのである。

「あう……」

雄司は唐突な快感に呻き、ビクリと肌を震わせた。

二人の熱い息が肌をくすぐり、左右の乳首が美女と美少女にチロチロと舐められ、時に音を立てて吸われた。

濡れた唇と舌の感触が心地よく、微妙に非対称の動きに、彼はじっとしていられないほどの快感にヒクヒクと身悶えた。

「か、嚙んで……」

言うと、二人は綺麗な歯並びで両の乳首をキュッキュッと刺激してくれた。

「あうう……、もっと強く……」

雄司が言うと、二人とも力を込めて小刻みに嚙んでくれ、彼は甘美な痛みと快感に高まった。

さらに二人は舌と歯で彼の肌を舐め降り、交互に臍を舐め、腰から太腿、脚を舌で這い下りていった。膝小僧を噛まれるとくすぐったい快感が突き上がり、雄司は二人に少しずつ食べられていくような快感に酔いしれた。

そして何と、二人は日頃雄司がしているように、左右の足裏を舐め、爪先にもしゃぶり付いてきたのだ。

「アア……、い、いいよ、そんなこと……」

稽古後で汗ばんだ指の股に舌が潜り込み、雄司は申し訳ないような快感に口走った。

しかし二人は厭わず全ての指の間をしゃぶり、大股開きにさせて脚の内側を舐め上げてきたのだ。内腿にもキュッと歯が食い込み、また反対側も思いがけない部分を刺激され、彼はビクリと腰を浮かせた。

やがて早紀が彼の両脚を浮かせ、二人は左右の尻の丸みを舐め回して噛み、早紀がチロチロと肛門を舐め、ヌルッと潜り込ませてきた。

「く……！」

雄司は妖しい快感に呻き、キュッと早紀の舌を肛門で締め付けると、すぐに離れて由佳も同じようにしてきた。

それぞれの舌は微妙に感触と蠢きが異なり、どちらも心地よく、ペニスはまるで内部から刺激されるようにヒクヒクと上下した。

脚が下ろされると、二人は頬を寄せ合って陰嚢にしゃぶり付き、二つの睾丸を舌で転がし、優しく吸い付いて袋全体を唾液にまみれさせた。

混じり合った息が熱く股間に籠もり、とうとう二人の舌がペニスを舐め上げ、先端にからみついた。

レズごっこしたと言うだけあり、女同士の舌が触れ合っても気にしないようで、二人は交互に雄司の尿道口を舐め、滲む粘液を拭い取ってくれた。

そして張りつめた亀頭を同時にしゃぶり、代わる代わるスッポリと肉棒を呑み込んでは吸い付き、クチュクチュと舌をからめてきた。

ここでも、二人の口の中は温もりと感触、舌の蠢きや吸引の仕方が微妙に異なり、続けてされるとそれぞれの特徴がよく分かった。

「い、いっちゃう……」

雄司は急激に高まり、二人のミックス唾液にまみれたペニスを震わせて悶えた。

何しろ二人がかりだから、絶頂も倍の速さでやってくるようだ。

しかし二人は強烈な愛撫を止めようとせず、交互に含んでは吸い付き、滑らかに舌を這わせ、スポスポとリズミカルな摩擦も繰り返した。

「いく……、あぁッ……！」

とうとう雄司は大きな快感に全身を貫かれて喘ぎ、ありったけの熱いザーメンをドクンドクンと勢いよくほとばしらせてしまった。

「ンン……」

ちょうど含んでいた由佳が喉の奥を直撃されて呻くと、すかさず早紀がペニスを奪い取って含み、余りを受け止めてくれた。

もちろん由佳は第一撃を飲み込み、なおも陰嚢や幹に舌を這わせ、早紀は頰をすぼめて最後の一滴まで吸い出した。

「アア……」

雄司は喘ぎながら何度もヒクヒクと腰を浮かせて快感を嚙み締め、全て出し切ってグッタリと身を投げ出した。

早紀も全て飲み干して口を離すと、また二人がかりでチロチロと尿道口を舐めて滲む余りのザーメンをすすり、完全に綺麗にしてくれた。

「あうう……、も、もう……」

雄司は過敏に反応して腰をよじり、降参するように声を洩らした。

ようやく、二人も舌を引っ込めて顔を上げた。

「さあ、落ち着いたでしょう。回復するまでの間、今度は私たちに何かさせて。してほしいことを言って」

早紀が言うと、雄司は余韻に浸る暇もなく、激しい興奮に胸を高鳴らせた。どうやら二人が相手だと回復も倍の速さらしい。

「顔に足を……」

「いいわ」

言うと、早紀は由佳を促して立ち上がり、二人で彼の顔の左右に立った。そして二人で身体を支え合いながら足を浮かせ、二人はそっと足裏を雄司の顔に乗せてくれた。

「ああ……」

雄司は二人分の感触に喘ぎ、たちまちムクムクと回復していった。

生温かな足裏が鼻と口、頬に押し付けられ、隙間から見上げると、二人の脚がニョッキリと真上に伸び、それぞれの割れ目が見えた。

彼はそれぞれの足裏を舐め回し、指の間に鼻を割り込ませて嗅いだ。

どちらも汗と脂にジットリ湿り、生ぬるい匂いが蒸れ蒸れに籠もっていた。

順々に爪先をしゃぶって指の股を舐めると、二人は頃合いを見て足を交代してくれた。

雄司は新鮮な味と匂いを貪り、やがて舐め尽くすと、先に早紀が顔に跨がり、和式トイレスタイルでしゃがみ込んできた。

スラリとした脚がM字になって股間が迫ると、彼の顔を熱気と湿り気が包み込んだ。

茂みに鼻を埋め込むと、甘ったるい汗の匂いが濃厚に籠もり、ほのかな残尿臭も混じって悩ましく鼻腔を刺激してきた。

舌を這わせると、淡い酸味の蜜がヌラヌラと溢れ、彼は夢中で膣口の襞からクリトリスまで舐め上げた。

「アア……、いい気持ち……」

早紀がうっとりと喘ぎ、新たな愛液を漏らしてきた。

雄司は白く丸い尻の真下に潜り込み、顔に双丘を受け止めながら谷間の蕾にも鼻を埋め込み、秘めやかな微香を嗅いだ。

舌を這わせて襞を濡らし、ヌルッと潜り込ませて粘膜を味わうと、

「く……、もっと奥まで……」

早紀が呻き、モグモグと肛門で舌先を締め付けてきた。

その間も割れ目から溢れた愛液がネットリと彼の鼻先を濡らし、やがて早紀が股間を引き離すと、ためらいなく由佳も跨がってきた。

柔らかな恥毛に鼻を擦りつけて嗅ぐと、やはり汗とオシッコの匂いが生ぬるく濃厚に籠もり、雄司は美少女の体臭を貪り、同じように膣口とクリトリスに舌を這わせていった。

2

「あん……、気持ちいいわ……」

由佳も、三人での戯れにすっかり興奮を高めたように声を洩らした。

雄司は清らかな蜜を舐め取ってから、同じように尻の真下に潜り込み、谷間でキュッとつぼまったピンクの蕾に鼻を押しつけた。

やはり秘めやかな微香が籠もり、彼は充分に匂いを貪ってから舌を這わせ、ヌルッと押し込んだ。

「う……」

由佳が呻き、やはりキュッときつく肛門で舌先を締め付けた。

雄司は滑らかな粘膜を味わい、再び割れ目に戻った。

すると早紀が添い寝してきたので、由佳も股間を引き離して横になった。

そして両側から雄司を挟みながら、それぞれのオッパイが彼の顔に押しつけられてきたのだ。

雄司も左右から迫る二人の乳首に、順々に舌を這わせて吸い、柔らかな膨らみを顔全体で味わっていった。

「ああ……」

二人もすっかり熱く息を弾ませ、クネクネと艶めかしく悶えはじめていた。

二人分の乳首を全て愛撫してから、彼はそれぞれの腋の下にも鼻を埋め込み、稽古直後の汗ばんだ匂いで心ゆくまで胸を満たした。

やがて早紀が、彼の回復を確認するとペニスに跨がり、濡れた割れ目を押し当てて挿入してきたのだ。

「アアッ……、いい……！」

ヌルヌルッと根元まで納めると、早紀がビクッと顔を仰け反らせて喘いだ。

雄司も肉襞の摩擦と締め付けに包まれたが、二人に口内発射したばかりなので暴発する心配はなかった。

早紀は彼の胸に両手を突っ張り、上体を反らせ気味にして腰を遣いはじめた。起き上がっていた方が、膣内の天井にカリ首が擦れて気持ち良いのだろう。同じ部分ばかり執拗に押し付けてきた。

筋肉が躍動し、実に艶めかしい肢体を見上げながら、雄司は隣の由佳のオッパイをいじった。

「い、いく……、アアーッ……！」

早紀は、すぐにもオルガスムスに達して喘ぎ、粗相したように大量の愛液を漏らしながらガクガクと狂おしい痙攣を開始した。

由佳も、大人の女性の絶頂に息を呑んでいた。

膣内の収縮も激しくなり、早紀が股間を擦り続けていたが、辛うじて雄司も暴発を免れた。

ようやく早紀も力尽き、すっかり快感を貪りながらグッタリと力を抜いて重なってきた。そして荒い呼吸も整わぬまま、由佳のために場所を空け、股間を引き離してゴロリと横になった。

すると由佳が身を起こし、同じように跨がって、早紀の愛液にまみれたペニスを自分で受け入れていったのだ。

「あん……!」

ヌルヌルッと根元まで収めて座り込むと、由佳もビクッと顔を仰け反らせて喘いだ。

雄司も、やはり微妙に温もりと感触の異なる膣内に深々と包まれ、快感を噛み締めた。さすがに締まりがよく、最初から息づくような収縮がきつく繰り返されていた。

由佳は上体を起こしていられず、すぐに身を重ねてきた。

雄司が抱き留め、下から唇を求めると、まだ快感がくすぶっていた早紀も横から割り込んできたのだ。

彼は思いがけなく、二人と同時に唇を重ね、それぞれの舌を舐め回した。

二人も執拗に舌をからめるので、そのミックスされた唾液がトロトロと彼の口に流れ込んできた。

雄司はいつもより多めの新鮮な唾液でうっとりと喉を潤し、二人分の吐息で鼻腔を刺激された。右の鼻の穴からは、由佳の甘酸っぱい果実臭の息が侵入し、左側は早紀の花粉臭の息が感じられ、内部で悩ましい匂いが混じり合った。

「唾をもっといっぱい出して……」

囁くと、彼の開いた口に早紀がトロトロと大量の唾液を吐き出し、由佳もクチュッと垂らしてくれた。

雄司は生温かく小泡の多い大量の粘液を味わい、飲み込むと甘美な悦びが胸を満たした。

「顔じゅうにも強く吐きかけて」

言うと早紀が思い切りペッと唾液を吐きかけてくれ、由佳も恐る恐る同じようにしてくれた。

かぐわしい吐息とともに、それぞれの生温かな唾液の固まりが鼻筋や頬を濡らし、雄司は激しい興奮にズンズンと股間を突き上げはじめた。

「アア……」

由佳が喘ぎ、それでも大量の愛液に律動がすぐに滑らかになった。

「舐めて……」

雄司が由佳を抱きすくめながら次第に突き上げを強めて言うと、早紀が彼の顔中に舌を這わせてくれ、由佳も喘ぎながら舐めてくれた。

雄司は混じり合った吐息を嗅ぎ、顔をミックス唾液でヌルヌルにまみれさせせながら絶頂を迫らせていった。

二人が同時に彼の両の鼻の穴を舐めてくれ、さらに頰に軽く歯を立て、さらに両耳も同時に舐められた。聞こえるのはクチュクチュいう舌の蠢きだけで、彼は頭の中まで舐め回されている気分だった。

動くうち、由佳も腰を遣って応え、互いの股間は熱い愛液でヌルヌルになり、ピチャクチャと湿った摩擦音も聞こえてきた。

「い、いく……！」

とうとう雄司も、溶けてしまいそうに大きな絶頂の快感に全身を包み込まれて口走った。

そして股間をぶつけるように激しく突き動かし、心地よい摩擦の中で熱い大量のザーメンをドクドクと勢いよくほとばしらせてしまった。

「あ、熱いわ……、気持ちいい、アアーッ……！」

すると噴出を受け止めた由佳も声を上ずらせ、ガクンガクンと狂おしい痙攣を開始したのだった。

どうやら早紀のオルガスムスを目の当たりにした直後、すっかり高まっていた肉体が初の膣感覚による絶頂を迎えたようだった。

膣内の収縮も活発になり、雄司は自分の快感以上に由佳のオルガスムスが嬉しく、心置きなく最後の一滴まで出し尽くしていった。

すっかり満足して動きを止めると、

「ああ……」

由佳も小さく声を洩らし、力尽きたようにグッタリと力を抜いて彼に体重を預けてきた。

まだ膣内はキュッキュッと戸惑うような収縮が繰り返され、刺激されるたび射精直後のペニスがヒクヒクと過敏に内部で跳ね上がった。

美女と美少女の二人を同時に相手にするなどという幸運が、今後またあるのだろうかと思いながら、彼は呼吸を整えた。

そして雄司は由佳の重みを受け止め、横から密着してくる早紀の温もりも同時に感じ、二人分の熱くかぐわしい息で胸を満たしながら、うっとりと快感の余韻を嚙み締めたのだった。

「大丈夫？」

「ええ、すごく気持ちよかった……」

雄司が訊くと、由佳が朦朧としながら答え、やがて早紀に支えられながらそっと股間を引き離していった。

「さあ、シャワーを浴びましょう」

早紀が言い、やがて三人は身を起こして部屋を出たのだった。

3

「ね、こうして……」

三人で身体を流し終えると、雄司はバスルームの床に座り、早紀と由佳を左右に立たせて言った。

そして左右の肩を跨がせ、股間を顔に向けさせた。

「オシッコして」

いつものように言うと、まだ快感のくすぶっている二人は拒むこともなく、最初からわかっていたかのようにそれぞれ下腹に力を入れて尿意を高めてくれた。

雄司は期待に胸を震わせるうち、またムクムクと回復してきてしまった。

どうにも二人が相手と思うと、少しでも長く多くこの幸運と快楽を味わっていたくなった。

「アア……、出るわ……」

早紀が言い、大胆に自ら陰唇を広げて、彼の顔に股間を突き出してくれた。

同時にポタポタと黄金色の雫が滴り、すぐにもチョロチョロと一条の放物線となって、温かな流れが彼の顔に注がれてきた。

舌に受けると、淡い味と匂いが口に広がり、狙いを外れた分が胸から腹に心地よく伝い流れた。

うっとりと喉を潤していると、

「あん……」

反対側の由佳も声を洩らし、チョロチョロと放尿しはじめてくれた。

そちらにも顔を向けて口に受け、夢中で飲み込んだ。

どちらも淡い匂いなのに、二人同時となると悩ましい匂いが心地よく鼻腔を刺激してきた。

肌を這い回るオシッコも、すっかり勃起したペニスを温かく浸し、雄司はもう一回射精しないことには治まらなくなっていた。

彼は左右交互に顔を向けて、それぞれの流れを味わっていたが、やがてそれらはほぼ同時に治まった。

左右の割れ目を舐めて余りの雫をすすると、二人とも新たな愛液を漏らして彼の舌の動きをヌラヌラと滑らかにさせた。

ようやく二人は股間を引き離してしゃがみ込み、もう一度三人で身体を洗い流した。

そして身体を拭き、再び全裸のまま二階のベッドに戻っていった。

「もう一回、いい？」

「ええ、今度は私の中に出して」

早紀がすぐに答えた。

もちろん射精の前にあれこれ戯れたいので、雄司は二人を並べて四つん這いにさせ、白く丸い尻を突き出させた。

膝を突いてバックから股間を迫らせ、先にオルガスムスを知ったばかりの由佳から貫いていった。

「あう……！」

根元まで挿入すると、由佳がビクッと肌を震わせて呻き、彼の股間に尻の丸みが心地よく当たって弾んだ。

雄司は腰を抱えてズンズンと前後運動し、充分に摩擦快感とヌメリを味わってから引き抜き、隣の早紀にもバックから挿入していった。

「アアッ……！」

ヌルヌルッと一気に根元まで押し込むと、早紀が喘ぎ、白い背中を反らせてキュッと締め付けてきた。

雄司も下腹部に当たる尻の感触が心地よいので、肌をぶつけながらズンズンと激しく動いた。

「ああ……、気持ちいい……」

早紀も尻をくねらせて喘ぎ、新たに溢れた愛液を大量に漏らして律動を滑らかにさせ、内腿にまで流れてビショビショにさせた。

「あ、仰向けがいいわ……」

やがて早紀が言うので、いったんペニスを引き抜くと、彼女がゴロリと仰向けになってきた。

もう由佳は、初めての絶頂に満足しているので挿入はいいだろう。雄司は続けて早紀に正常位で交わり、身を重ねていった。

そして由佳も横に寝かせ、それぞれの唇を味わい、舌をからめながらズンズンと腰を突き動かした。

「アア……、またすぐいきそうよ……」

早紀が両手でしがみついて言い、下からも股間を突き上げてきた。

雄司も股間をぶつけるように激しく動きながら、ジワジワと絶頂を迫らせていった。

横に寝ていた由佳も顔を寄せ、また三人で同時に舌をからめた。

二人の混じり合った息の匂いが悩ましく鼻腔を刺激し、それに唾液の香りも入り交じり、果ては雄司も二人の口に交互に鼻を押し込んで胸いっぱいに嗅ぎ、腰の動きに勢いを付けていった。

「い、いく……、気持ちいいッ……！」

たちまち早紀が再びオルガスムスに達し、彼を乗せたままブリッジするようにガクガクと腰を跳ね上げた。

膣内の収縮に巻き込まれ、続いて雄司も絶頂の快感に全身を貫かれ、熱いザーメンをドクドクと注入した。

「あう、もっと……！」

噴出を感じた早紀が口走り、飲み込むようにキュッキュッときつく膣内を締め付けてきた。

由佳は密着しながら、同時に昇り詰める二人をじっと見つめ、まるで快感が伝染したようにヒクヒクと肌を波打たせていた。

全て出し切ると、さすがに雄司も力尽き、グッタリと早紀にもたれかかっていった。

「ああ……、気持ちよかったわ……」

早紀も満足げに声を洩らし、まだ膣内を収縮させながら肌の硬直を解いて身を投げ出していった。

雄司は体重を預けながら、早紀の花粉臭の息と、由佳の果実臭の息を同時に嗅ぎ、余韻に浸り込んでいったのだった……。

4

「今夜泊めてくれるかしら？　酔ってしまったわ」

夜半、いきなり沙也が訪ねて来て雄司に言った。

まだ彼も起きていた。一人で抜こうかと思っていたところだったので歓迎し、二階の部屋に招いた。

「何か冷たいものでも飲みますか？」

「ううん、催してるの。思い切り抱かせて」

沙也は目を輝かせて答え、自分から服を脱ぎはじめた。

彼も沙也の甘い汗の匂いを感じ、条件反射的にムクムクと勃起しながら全裸になっていった。

やがて沙也も一糸まとわぬ姿になり、ベッドに仰向けになって身を投げ出してきた。

泥酔という感じではなく、眠くもなさそうで、本当に淫気を催してここへ来たようだった。

「して、好きなように」

沙也が、声のトーンを艶めかしく落として求めてきた。

雄司も、まず彼女の大きな足裏に顔を押し付け、指の股の蒸れた匂いを貪りながら舌を這わせていった。

「アア……、そこから？　いいわ……」

沙也はうっとりと言い、たまにビクリと脚を震わせて応じた。

彼は逞しい足裏を舐め回し、全ての指の間にも舌を割り込ませ、両足とも味と匂いが薄れるまでいつもより念入りに貪った。

そして野趣溢れる脛毛にも舌と頬を擦りつけ、脚の内側を舐め上げ、ムッチリと張りのある内腿をたどって股間に迫っていった。

「ああ……」

沙也は声を洩らし、自ら立てた両膝を左右全開にした。

すでに割れ目は期待に濡れ、はみ出した陰唇と突き出たクリトリスが、愛撫を待つように震えていた。

雄司も熱気の籠もる中心部に顔を埋め込み、柔らかな恥毛に鼻を擦りつけて嗅いだ。隅々には甘ったるい汗の匂いが濃厚に籠もり、それに悩ましい残尿臭も入り交じり、ムレムレの匂いが鼻腔を刺激してきた。

彼は格闘美女の濃い体臭を貪り、舌を這わせた。陰唇の内側は生ぬるい愛液が溢れ、淡い酸味とともに舌の動きを滑らかにさせ、さらに大きめのクリトリスまで舐め上げていくと、

「アアッ……、いい気持ち……！」

沙也がビクッと反応して喘ぎ、内腿でキュッときつく雄司の両頬を挟み付けてきた。

雄司は沙也の匂いに酔いしれながら舌を這わせ、軽く歯で刺激して吸い、溢れてくる愛液をすすった。さらに腰を浮かせ、白く丸い尻の谷間に鼻を埋め込み、ピンクの蕾に籠もった生々しい微香を嗅いで舌を這わせた。

「く……！」

ヌルッと舌を潜り込ませて粘膜を味わうと、沙也が息を詰めて呻き、キュッと肛門で舌先を締め付けてきた。

雄司は充分に舌を蠢かせてから引き抜き、そのまま再び割れ目に戻って大量のヌメリをすすり、クリトリスに吸い付いていった。

「ああ……、今度は私……」

絶頂を迫らせたように沙也が身悶えて言い、雄司も顔を上げて仰向けの女体の上を前進していった。

胸に跨がると、沙也がオッパイの谷間にペニスを挟んでくれ、両側から揉みながら顔を上げ、先端にチロチロと舌を這わせてきた。

「ああ……」

雄司は、股間に美女の熱い息を受け、舌のヌメリに声を洩らした。

沙也も執拗に尿道口を舐め、滲む粘液をすすり、次に亀頭にしゃぶり付き、そのままスッポリと呑み込んでいった。

雄司も前屈みになって手を突き、深々と差し入れながら舌の蠢きと吸引で最大限に膨張していった。下腹を熱い息がくすぐり、舌に翻弄されたペニスは生温かな唾液にどっぷりと浸った。

やがて充分に雄司が高まると、沙也も察したようにチュパッと口を引き離し、彼は再び沙也の股間に戻っていった。

そしてペニスを構えて前進し、正常位で先端を押し当て、ゆっくりと膣口に挿入していった。

「ああッ……、いいわ……！」

沙也が顔を仰け反らせて喘ぎ、ヌルヌルッと根元まで受け入れた。

雄司も肉襞の摩擦と温もり、きつい締め付けに包まれながら股間を密着させ、身を重ねていった。

まだ動かずに感触を味わい、屈み込んでオッパイに顔を埋め込んだ。

今日も彼女は過酷な柔道の稽古をし、そのあと飲み会にでも繰り出したのだろう。汗ばんだ胸元や腋からは、濃厚に甘ったるい匂いが漂っていた。

乳首に吸い付き、コリコリと軽く前歯で刺激しながら吸い、膨らみに顔を押し付けて感触を味わった。

もう片方の乳首も充分に愛撫すると、その間も膣内の収縮が活発になり、待ちきれないように沙也がズンズンと股間を突き上げはじめてきた。

雄司は両の乳首を味わってから腋の下にも鼻を埋め、噎せ返るように甘ったるい汗の匂いで生ぬるく鼻腔を満たし、突き上げに合わせて徐々に腰を突き動かしはじめていった。

「アア……、もっと強く、奥まで……」

沙也が両手でしがみつきながら喘ぎ、動きに合わせてクチュクチュと湿った摩擦音を立てた。

雄司も次第にリズミカルに動きながら、美女の喘ぐ口に鼻を押し込んで熱い息を胸いっぱいに嗅いだ。

由佳に似た甘酸っぱい果実臭に渇いた唾液の匂い、それにアルコールの香気とほのかなガーリック臭が混じり、悩ましく鼻腔を刺激してきた。

「ごめんね。今日はケアしていないのよ」

「ううん、自然のままですごくいい匂い……」

雄司は言い、野性的な美女の口の匂いに高まっていった。

そして唇を重ね、歯並びと歯茎を舐め、奥に差し入れてネットリと舌をからみつけた。

「ンンッ……！」

沙也も熱く鼻を鳴らして彼の舌を吸った。雄司は美女の唾液と吐息を貪りながら、股間をぶつけるように突き動かした。

「い、いっちゃう……、アアーッ……！」

たちまち沙也は口を離して喘ぎ、彼を乗せたままガクガクと狂おしく腰を跳ね上げてオルガスムスに達した。

雄司も膣内の収縮に昇り詰め、大きな快感を味わいながら熱いザーメンを勢いよく注入した。

「あう、もっと……！」

噴出を感じた沙也が呻き、キュッキュッときつく膣内を締め付けて貪欲に快感を味わっていた。

雄司も快感に酔いしれ、心置きなく最後の一滴まで出し尽くし、満足しながら徐々に動きを弱めていった。

沙也は、何度もオルガスムスの波が押し寄せるようにビクッと身を反らせ、大量の愛液を漏らしながらペニスを締め付け続けた。

やがて雄司が動きを止め、遠慮なく逞しい沙也にもたれかかると、

「ああ……、気持ちよかった……」

彼女も満足げに声を洩らし、肌の強ばりを解いて力を抜いていった。

まだ膣内はヒクヒクと収縮し、刺激されるたびペニスが内部で跳ね上がった。

そして雄司は息づく女体に身を預け、熱く悩ましい吐息を嗅ぎながら、うっとりと快感の余韻を噛み締めたのだった……。


――やがて身を離すと、二人で階下のバスルームへ行って身体を洗い流し、沙也は彼の歯ブラシを使って歯を磨き、また二階に行って身体をくっつけ合って眠った。

沙也はすぐにも健康的な寝息を立てて熟睡し、雄司も彼女の温もりと匂いに勃起しかけたが、そのうちに眠り込んでしまった。

一夜明け、朝に雄司が目を覚ますと、隣でまだ沙也が眠っていた。

彼は朝立ちの勢いでピンピンに勃起し、沙也の寝息を嗅いだ。互いに全裸のままだったから、ほんのり汗ばんだ肌からも芳香が漂っていた。

そっと乳首に吸い付くと、

「あ……」

沙也が声を洩らして目を開けた。

「ダメよ。朝練があるからエッチは出来ないわ……」

沙也は言い、枕元の携帯を見て時間を確認し、まだ大丈夫と思ったか、ギュッと彼を抱きすくめてくれた。そして勃起したペニスに指を這わせ、やんわりと握ってくれた。

「すごい勃ってるわ。お口でもいいのなら」

「うん、お願いします……」

沙也が言うと雄司は答え、まだしゃぶってもらう前に指の愛撫を受け、彼女の口に鼻を押し込み、寝起きで濃くなった息の匂いを嗅がせてもらった。

悩ましく甘酸っぱい匂いで鼻腔を刺激され、ペニスは彼女の手のひらの中で充分に高まっていった。

そして彼が仰向けになると、沙也もすぐに股間に移動し、ペニスにしゃぶり付いてくれた。

「ああ……、すぐいきそう……」

舌のヌメリと吸引に、雄司は急激に絶頂を迫らせて喘いだ。

沙也も喉の奥まで呑み込み、頬をすぼめて吸い、モグモグと幹を締め付けながら執拗に舌をからめてくれた。

彼がズンズンと股間を突き上げると、沙也も顔を上下させ、スポスポと強烈な摩擦を繰り返してきた。

「い、いく……、アアッ……！」

たちまち雄司は絶頂の快感に貫かれて喘ぎ、ドクドクと勢いよく熱いザーメンをほとばしらせてしまった。

「ンン……」

喉の奥に噴出を受けて沙也が呻き、さらに吸い上げながら最後の一滴まで口に受け止めてくれた。

「ああ……」

雄司が満足して声を洩らし、グッタリと身を投げ出すと、沙也も吸引を止め、口に溜まったザーメンをゴクリと飲み干してくれた。そして口を離して幹をしごき、尿道口から滲む余りの雫まで丁寧に舐め取った。

やがて綺麗にすると沙也は再び添い寝し、雄司は温もりと匂いに包まれながらうっとりと余韻を味わったのだった。

5

「今度は私よ、雄司君、お願い」

百合子が言い、雄司は痴漢役で彼女に背後から組み付いていった。

土曜の午後、今日は何と百合子が多くの友人を連れて、護身術の稽古に集まっていたのだった。

師範は早紀だけで、沙也も由佳も来ていない。百合子以外の主婦たちは、みな三十代半ばから四十歳前後で、総勢七人いた。

とにかくボリューム満点の巨乳妻たちの群れに、道場内はムレムレに甘ったるい匂いが立ち籠めていた。彼女たちの汗や吐息、髪や足の匂いなどが混じり合い雄司は身も心もクラクラしていた。

百合子が通っているスポーツジムの仲間らしく、みなジャージを汗に湿らせて熱心に稽古していた。

「そう、そこで手首をひねって」

早紀が指導し、雄司も百合子の小手返しに一回転して受け身を取った。

「今度は私」

一人終えると、次から次へとお呼びがかかり、しかも誰もが色っぽい巨乳の美人妻たちだ。

この分では、今後とも護身術の稽古相手だけでなく、欲求不満の相手も順々にさせられるのではないだろうか。雄司は美女たちの匂いに包まれながら、恐れともつかぬ期待に股間を熱くさせてしまった。

それでも稽古を続けるうち、次第に雄司も動きが良くなり、それほどの苦痛でもなくなっていた。慣れもあるだろうが、やはり一番大きいのは女性たちが相手だからだろう。

やがて稽古が終わり、一同は整列して礼をし、みな着替えて帰っていった。

早紀も用事があるようで、すぐに帰ってゆき、雄司は掃除があるので稽古着のまま残っていた。

すると百合子が一人だけ、まだ着替えも終えずに残っていたのである。

「いいかしら」

彼女が、目をキラキラさせて言う。

「はい、では二階へ……」

雄司も期待に胸と股間を脹らませ、道場の戸締まりをして灯りを消し、二人で二階へ上がっていった。何しろ多くの人妻の匂いが、まだ残って頭がクラクラしていた。

「由佳とは、まだ？」

「ええ……、でも近々アタックしてみます……」

「そう、じゃもっと練習しておきましょうね」

百合子が言って汗に湿ったジャージを脱ぎ、彼も稽古着を脱いで互いに全裸になった。

汗に濡れた巨乳が露わになり、百合子は彼のベッドに仰向けになった。

「すごく会いたかったの。寝るときも、雄司君のことばかり考えてしまうわ」

「そうですか、嬉しいです……」

彼は言って添い寝し、甘えるように腕枕してもらった。

息づく巨乳を見ながら腋の下に顔を埋めると、生ぬるく甘ったるい汗の匂いが濃厚に鼻腔を刺激してきた。

「いい匂い……」

雄司はうっとりと嗅ぎながら言い、巨乳に手を這わせていった。

「すごく汗をかいていて匂うでしょう。でも、その方がここが硬くなるのね」

百合子も、彼の激しい勃起を肌に感じ、期待に息を弾ませて言った。

雄司も美女の体臭で心ゆくまで胸を満たし、やがて顔を移動させ乳首に吸い付いていった。

すでにコリコリと硬くなっている乳首を舌で転がし、顔じゅうを柔らかな爆乳の膨らみに押し付けて感触を味わった。

「ああ……」

百合子もうっとりと喘ぎ、熱く甘い息を弾ませた。

雄司はそっと歯で刺激してから、もう片方の乳首を含み、充分に舐め回して熟れ肌を舐め下りていった。

白い肌がピンと張り詰めた腹部にも顔を押し付けて弾力を味わい、四方から肌が張り詰めて実に形良いお臍を舐め、白粉でも塗ったように白い下腹から腰、ムッチリした太腿へと舌でたどっていった。

脚を舐め降り、滑らかな脛から足首へ行き、足裏を舐め回した。

「あん、汚いわ。いいの？」

さんざん素足で稽古していたので、百合子は気が引けたように言ったが、毎日念入りに道場の掃除をしているのは雄司である。

踵から土踏まずを舐め、指の股に鼻を割り込ませて嗅ぐと、汗と脂に湿って蒸れた匂いが濃く沁み付いていた。

彼は何度も深呼吸して美女の足の匂いを貪り、爪先にしゃぶり付いて全ての指の間を舐めた。

「あう……、くすぐったいわ……」

百合子が呻き、指を縮めて彼の舌をキュッと挟み付けてきた。

雄司はもう片方の爪先もしゃぶり、味と匂いを堪能してから彼女を俯せにさせた。

踵からアキレス腱、脹ら脛を舐めて滑らかな太腿からお尻の丸み、腰から背中を舐めると汗の味がした。

「アアッ……！」

どこに触れても百合子はビクッと敏感に反応し、顔を伏せて喘いだ。特に背中が感じるらしい。

肩まで行き、黒髪に顔を埋めて甘い匂いを嗅いで掻き分け、耳の裏側も充分に嗅いで舌を這わせてから、白いうなじを舐め降り、再び豊満なお尻へと戻っていった。

俯せのまま股を開かせて真ん中に腹這い、お尻に顔を寄せ、両の親指でムッチリと谷間を広げた。

ピンクの蕾が、恥じらうようにキュッと閉じられ、鼻を埋めると汗の匂いに混じって秘めやかな微香も籠もっていた。

胸いっぱいに嗅いでから舌先でくすぐるようにチロチロと舐め、濡れた襞にヌルッと潜り込ませて粘膜を味わった。

「く……」

百合子が呻き、キュッと肛門で舌先を締め付けてきた。

雄司は舌を動かし、味わってから顔を上げ、再び彼女を仰向けにさせた。

片方の脚をくぐると、目の前に神秘の部分が大きく開かれた。

ふっくらした丘の茂みが彼の息に震え、肉づきの良い割れ目からはみ出した花びらは興奮に色づいて、内から溢れる蜜にヌメヌメと潤っていた。

雄司は指を当てて陰唇を広げ、由佳が生まれ出てきた膣口を見つめた。

花弁状の襞が震え、膣口が悩ましく息づいていた。ポツンとした尿道口もはっきり確認でき、真珠色の光沢あるクリトリスも愛撫を待つようにツンと突き立っていた。

「ああ……、恥ずかしいわ……」

百合子が彼の視線と息を感じ、腰をくねらせて喘いだ。

雄司も吸い寄せられるようにギュッと顔を埋め込み、柔らかな茂みに鼻を擦りつけて嗅いだ。

甘ったるい汗の匂いが濃厚に籠もり、ほのかなオシッコの匂いも鼻腔を悩ましく刺激してきた。舌を這わせると、トロリとした淡い酸味のヌメリが動きを滑らかにさせた。

膣口の襞をクチュクチュ舐め回し、クリトリスまで舐め上げていくと、

「アアッ……！　いい気持ち……」

百合子がビクッと顔を仰け反らせて喘ぎ、内腿でキュッときつく彼の両頬を挟み付けてきた。

彼はもがく腰を抱え込んで押さえ、執拗にクリトリスを舐め、上の歯で包皮を剝き、露出した突起にチュッと吸い付いた。

「あう……、ダメ、すぐいきそうよ……」

百合子が身を弓なりに反らせて呻き、トロトロと大量の愛液を漏らした。

雄司は充分に味わい、彼女が高まると股間から離れ、添い寝して仰向けになっていった。

百合子もすぐに察して身を起こし、大股開きになった彼の股間に陣取って顔を寄せてきた。

まずは彼の脚を浮かせて、自分がされたようにチロチロと肛門を舐め、ヌルッと潜り込ませてくれた。

「く……！」

雄司も妖しい快感に呻き、モグモグと味わうように肛門で美女の舌を締め付けた。百合子は舌を蠢かせてから彼の脚を下ろし、陰嚢にしゃぶり付いて二つの睾丸を転がした。

さらにペニスの裏側を舐め上げ、尿道口から滲む粘液を拭い取ってからスッポリと含んできた。

「アア……」

根元まで深々と呑み込まれ、彼は生温かく濡れた口腔で幹を震わせて喘いだ。

百合子も上気した頬をすぼめて吸い付き、口で丸く幹を締め付けながらクチュクチュと舌をからめてくれた。

「も、もう……」

絶頂を迫らせた雄司が言って手を引っ張ると、百合子もスポンと口を引き離して身を起こし、彼の股間に跨がってきた。

唾液に濡れた先端に割れ目を押し付け、息を詰めてゆっくりと腰を沈み込ませると、たちまち彼自身はヌルヌルッと滑らかに根元まで呑み込まれていった。

「アアッ……、奥まで当たる……！」

百合子が顔を仰け反らせて喘ぎ、キュッと締め付けながら密着した股間を擦りつけ、すぐに身を重ねてきた。

雄司も両手を回してしがみつき、すぐにもズンズンと股間を突き上げ、肉襞の摩擦と締め付けに高まりながら唇を求めていった。

「ンンッ……」

百合子も上からピッタリと唇を重ね、熱く鼻を鳴らしながら執拗に舌をからめてきた。

彼が好むのを知っているので、百合子もトロトロと大量の唾液を注ぎ込んでくれ、雄司は小泡交じりの生ぬるい粘液を味わい、うっとりと喉を潤した。

そして百合子も突き上げに合わせて腰を遣い、溢れる蜜で動きを滑らかにさせてクチュクチュと淫らに湿った摩擦音を響かせた。

雄司は彼女の口に鼻を押し込み、甘い白粉臭の刺激を含んだ吐息を嗅いで胸を満たし、たちまち昇り詰めてしまった。

「い、いく……！」

突き上がる快感に口走り、ありったけの熱いザーメンをドクドクと勢いよく内部にほとばしらせると、

「き、気持ちいいわ……、アアーッ……！」

噴出を受け止めると、途端にオルガスムスのスイッチが入ったように彼女も声を上ずらせ、ガクンガクンと狂おしい痙攣を開始した。

雄司は、収縮する膣内で心置きなく最後の一滴まで出し尽くし、満足して突き上げを弱めていった。

「ああ……」

百合子も満足げに声を洩らし、熟れ肌の強ばりを解いてグッタリと彼に体重を預けてきた。

まだ収縮を繰り返す膣内に刺激され、ペニスがヒクヒクと内部で震えた。

雄司は豊満美女の重みと温もりを受け止め、熱く甘い息を間近に嗅ぎながら、うっとりと快感の余韻に浸り込んでいった。

そして呼吸を整えながら、いけないと思いつつ、次の相手の美人妻は誰になるかと思いを馳せてしまうのだった……。

＊この作品は、書き下ろしです。また、文中に登場する団体、個人、行為などは実在のものとはいっさい関係ありません。

二見文庫

お姉《ねえ》さんの淫《みだ》らな護身術《ごしんじゅつ》

著者　睦月影郎《むつきかげろう》

発行所　株式会社 二見書房
東京都千代田区三崎町2-18-11
電話　03(3515)2311［営業］
　　　03(3515)2313［編集］
振替　00170-4-2639

印刷　株式会社 堀内印刷所
製本　株式会社 村上製本所

落丁·乱丁本はお取り替えいたします。
定価は、カバーに表示してあります。

ISBN978-4-576-15154-0
http://www.futami.co.jp/

二見文庫の既刊本

誘惑フェロモン

MUTSUKI,Kagero
睦月影郎

「今までと違うことを書いて、新鮮味を出さなければ」人気官能作家・如月吾郎は焦っていた。自身の嗜好を投影した作品への疑問からついに結論を出す——妄想に頼らず実践によって何かをつかむぞ！　そして、さまざまな女性相手に実体験を重ねる日々が始まったが……。官能界一の売れっ子作家による書下しエンターテインメント！

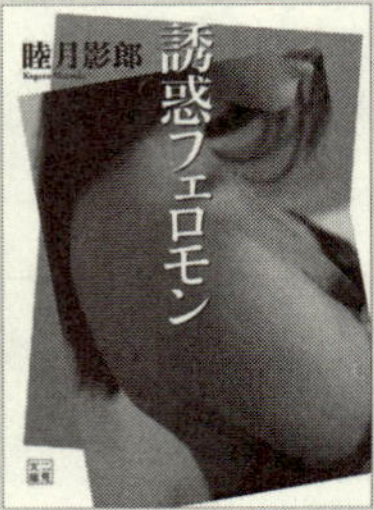